W0171004

ROMEON
VERLAG

ICH HÖR' DIESE STIMME IN MIR
EINE GESCHICHTE DIE DEIN HERZ BERÜHRT UND EIN MÄRCHEN FÜR ERWACHSENE

1. Auflage, erschienen 3-2022

Umschlaggestaltung: Whitemaskrebel, Lexa Done
Text: Whitemaskrebel
Layout: Romeon Verlag

ISBN: 978-3-96229-352-9

www.romeon-verlag.de
Copyright © Romeon Verlag, Jüchen

Alle im Buch enthaltenen Angaben, Ergebnisse usw. wurden vom Autor nach bestem Gewissen erstellt. Sie erfolgen ohne jegliche Verpflichtung oder Garantie des Verlages. Er übernimmt deshalb keinerlei Verantwortung und Haftung für etwa vorhandene Unrich-tigkeiten.

Bibliografische Information der Deutschen Nationalbibliothek:
Die Deutsche Nationalbibliothek verzeichnet diese Publikation in der Deutschen Nationalbibliografie; detaillierte bibliografische Daten sind im Internet über *http://dnb.dnb.de* abrufbar.

WRITTEN BY WHITEMASKREBEL

ICH HÖR' DIESE STIMME IN MIR

EINE GESCHICHTE DIE DEIN HERZ BERÜHRT

UND EIN MÄRCHEN FÜR ERWACHSENE

Inhalt

ICH HÖR' DIESE STIMME IN MIR
EINE GESCHICHTE DIE DEIN HERZ BERÜHRT
UND EIN MÄRCHEN FÜR ERWACHSENE

Diese Geschichte beruht auf wahren Begebenheiten, die ich in ein Märchen gepackt habe, denn es ist die Geschichte von mir und meiner geliebten Schwester.

Wer diese Geschichte mit dem Herzen liest, wird alles verstehen. Denn es enthält die einzige Wahrheit über das Leben und über Dich. Alles andere wurde nur dazu bestimmt, um Dich von Deinem eigenen Weg abzubringen.

Somit, ist dieses Buch all den Menschen gewidmet, die auf der Suche nach der Wahrheit sind, diese aber noch nicht finden konnten.

In Liebe Deine WHITEMASKREBEL

PROLOG

Hallo, ich heiße Dich herzlich willkommen. Ich bin Deine innere Stimme, die Wahrheit und die Weisheit die aus Dir selbst spricht. Ich erzähle Dir jetzt eine Geschichte, die so alt ist, wie der Anbeginn der Zeit. Die Geschichte von Gut und Böse, Licht und Dunkel, Liebe und Hass.

Es geht um die beiden Schwestern Maira und Anira, deren Weg schicksalshaft geprägt ist, denn sie haben im Kampf um das Gleichgewicht der Kräfte auf Erden, eine wichtige Rolle übernommen. Denn sollten die beiden trotz allen Widrigkeiten, weiterhin an ihre Träume glauben und es schaffen, diese auch zu leben, dann würde das Gleichgewicht auf Erden wieder hergestellt werden.

Aber genauso gut könnte es auch Deine Geschichte sein und es könnte sich um Dich selbst und Deinen eigenen Traum handeln.

Bei den beiden Schwestern jedenfalls, ist es so, dass sie bald von der Dunkelheit getrennt werden sollen, und einen bitterlichen Kampf kämpfen müssen. Denn dadurch, dass ja die Kräfte auf Erden aus dem Gleichgewicht geraten waren, hatte die Dunkelheit auf dem Planeten Erde, schon lange Zeit, an Überhand gewonnen.

So herrschte überall nur noch das Böse und das Licht der Menschen war fast erloschen und keiner glaubte mehr an seine Träume.

ERSTES KAPITEL

So saß Maira voller Zufriedenheit in ihrem Zimmer und war gerade mit ihrer Schwester Anira dabei, ihre Kleidung in Ordnung zu bringen. Ihre strenge Mutter verlangte dies täglich von ihnen am frühen Morgen. Obwohl sie beide noch ein wenig müde waren, legten sie also eifrig die Wäsche zusammen und begannen dabei ein Gespräch.

»Ach Anira, ich freue mich schon so, wenn wir bald gemeinsam unseren Weg gehen können. Du auf die Schule der Schreibkunst und ich auf die Hochschule der Musik. Wie schön dann alles werden wird, wenn wir jeden Tag das machen können, was uns am meisten gefällt.«

Beide Mädchen waren sehr begabt. Maira wurde schon mit 5 Jahren von ihrem Vater ans Klavier gesetzt und von ihm musikalisch unterrichtet. Hinzu sang sie den ganzen Tag nur vor sich hin. Auch komponierte sie, ein Lied nach dem anderen.

Und Anira hingegen war für die Schreibkunst berufen. So schrieb sie gern Geschichten über Geschichten und verfasste Gedichte, die einen sichtlich berührten.

Aber da gab es ja noch Mutter, die streng und dominant war und immer ganz andere Dinge, für die beiden Mädchen, im Kopf hatte. Und so erwiderte Anira schließlich ein wenig zweifelnd:

»Ich weiß auch nicht Maira, ich habe da immer Mutters Stimme im Kopf, die sagt: ›Geld, Geld, Geld, regiert in Wahrheit die Welt‹.«

»Ach Anira, Mutter! Die ist doch selbst nur ganz verbittert und verbohrt. Du weißt doch, sie ist niemals da-

rüber hinweggekommen, dass ihre Schwester bei Groß-
mutter, angeblich beliebter war als sie selbst. Sie hatte
stets das Gefühl im Schatten ihrer Schwester zu stehen.«

Maira überlegte kurz und lächelte dann sanft in sich
hinein, gönnte sie doch wirklich jedem alles Gute und
sprach weiter:

»Weißt du, Mutter ist wirklich eine wunderschöne
Frau, aber ich glaube, sie konnte eben nie das Leben was
sie in Wahrheit wollte. Wir sollten uns deshalb nicht vom
Weg abbringen lassen, dass wenigstens wir beide, in diesem Leben, glücklich werden.«

»Ich weiß Maira, dass du ja eigentlich Recht hast. Aber
du weißt ja, Mutter ist so dominant und treibt Vater so
lange in den Wahnsinn, bis er tut was sie sagt! Und ja,
dein Talent ist so außergewöhnlich, du hast die schönste
Stimme, die ich je gehört habe. Aber ich, ich weiß nicht,
ob mein Talent für die Schule der Schreibkunst reicht.«

Anira schüttelte daraufhin resigniert ihren Kopf. Zu
oft hörte sie die Worte der Mutter in ihren Ohren wider-
hallen. Zu stark war der Einfluss, den diese auf sie ausüb-
te. So war es für Anira nicht immer leicht an sich selbst
und ihre Träume zu glauben. Aber Maira glaubte fest an
sie und so erwiderte diese bestimmt:

»Ach Anira, was redest du denn da. Du darfst so nicht
denken. Dein Talent ist auch groß und außergewöhnlich. Und du willst doch eines Tages Bücher für Kinder
schreiben und sie lehren das Richtige zu tun. Glaube mir,
es wird toll werden, wenn wir eines Tages gemeinsam
unseren Traum leben.«

Liebevoll schauten sich die beiden Mädchen an und
begannen ein von Maira selbst komponiertes Lied zu

singen, das sie für immer an ihre gemeinsamen Träume erinnern sollte. Voll Freude sangen und tanzten die Schwestern zur wunderschönen Melodie. Aber da hörten die beiden plötzlich einen dumpfen Schlag und die Türe zu ihrem gemeinsamen Zimmer wurde aufgerissen. Ihre Mutter stand jetzt wutentbrannt vor ihnen:

»Was macht ihr da?«

schrie sie. Vor Schreck ließen die beiden Mädchen die Kleidungsstücke, die sie auch noch während dem Tanzen in den Händen hielten, auf den Boden fallen und Maira erwiderte eingeschüchtert:

»Mutter, wir singen nur ein Lied und räumen nebenher die Wäsche auf, so wie du es uns befohlen hast.«

Maira war von schlanker, filigraner und zierlicher Figur. Allerdings war sie hochgewachsen. Sie hatte schwarzes, gewelltes Haar das ab und an auch eine vereinzelte, lustige Ringellocke schwang. Manchmal hatte man das Gefühl, dass sich ihre Haare ihrem Gemüt anpassten. Ihre grün, grau, blauen Augen hatten die Form einer wunderschönen Mandel und funkelten um die Pupille herum in Orange- und Gelbtönen, die an kleine Sterne erinnerten.

Obwohl sie eigentlich die jüngere der beiden Schwestern war, hatte man stets den Eindruck, dass sie die Erstgeborene sein musste.

War sie doch eher diejenige, die sich gegen die Mutter auflehnen konnte, was diese meist zur Weißglut brachte. Sie konnte Mairas Worte immer kaum ertragen, hatte doch stets sie die Zügel in den Händen und jeder musste immer das tun, was sie sagte.

Deswegen wurde Maira schon als Kleinkind, des Öfteren, von der Mutter in die dunkle Kammer im Keller gesperrt, wenn sie es wagte, etwas zu hinterfragen und gar noch widerspenstig zu sein. Aber meist kam dann irgendwann Anira, zu ihrer Rettung, zur Hilfe. So waren die beiden Mädchen mit der Zeit ein Herz und eine Seele geworden und fast schon unzertrennlich. Denn sie schützten sich, von jung auf bereits, gegenseitig vor den Launen der unberechenbaren Mutter.

So stand diese jetzt in der Zimmermitte, zwischen den beiden Mädchen und sprach laut:

»Lasst diesen sinnlosen Unfug und diesen ohrenbetäubenden Gesang, und erledigt endlich eure ganze Hausarbeit. Ich hatte gesagt, ihr sollt für Sauberkeit sorgen, nicht nur in den Schränken, sondern auch auf den Böden!«

Anira, stets die Zurückhaltende von beiden, antwortete der Mutter mit gesenktem Kopf:

»Ja Mutter, wir sind schon dabei.«

So wie sie die Schüchterne von den Schwestern war, so war Anira auch die Kleinere von beiden, allerdings von exakt gleicher Statur wie Maira. Sie hatte die gleiche, zierliche und schlanke Figur wie ihre jüngere Schwester, doch waren ihre Augen ein wenig größer, denn die Mairas und dunkelbraun gefärbt. Beide hatten sie ein schönes und markantes Gesicht, wobei Maira noch mehr Konturen besaß als ihre ältere Schwester.

So waren die Zwei, wirklich hübsche Mädchen und sah man sie vom Profil aus, und beachtete ihre Größe nicht, konnte man die beiden gar verwechseln.

Die Mutter richtete nun streng den Blick auf ihre jüngere und leicht widerspenstige Tochter und sprach:

»Maira, ich habe übrigens, ganz durch Zufall, euer Gespräch gehört. Höre endlich auf, deiner Schwester solch

Flausen in den Kopf zu setzen! Ich verbiete dir das hiermit, sofort, denn keiner von euch beiden wird je auf eine Hochschule für Musik oder gar noch auf eine Schule für Schreibkunst gehen! Denn so lange ich lebe, müsst ihr tun, was ich euch sage!«

Maira konnte den Worten der Mutter kaum glauben. Entrüstet schüttelte sie ihren Kopf so, dass ihr volles Haar sich in eine wilde Mähne verwandelte:

»Aber Mutter, hast du denn nicht Aniras Gedichte gelesen? Sie hat solch eine große Begabung. Du kannst ihr nicht verbieten das zu tun, was sie am meisten liebt!«

Sie griff nach Aniras Buch der Dichtkunst, das direkt neben ihr am Boden lag, da es ihre Schwester stets bei sich in der Nähe trug, um sofort eine Idee notieren zu können, die Anira auch, wie durch Zauberhand, stetig in den Sinn kamen. Die Mutter hingegen tat das, was sie immer tat, wenn sie sich selbst zu beruhigen versuchte, da sie Mairas widerspenstigen Kopf kaum noch ertragen konnte. Also lief diese ganz langsam auf und ab und hin und her und schüttelte dabei fortwährend ihren Kopf, so als könnte sie dies alles selbst kaum fassen. Beide Mädchen kannten diese Prozedur und wussten aus Erfahrung, dass jetzt gleich, nichts Gutes folgen würde, und so sprach dann die Mutter fast schon hysterisch:

»Begabung! Was ist das? Kann man sich davon etwa etwas zu Essen kaufen, oder kann man damit vor den Leuten der Stadt stolz über seine Töchter reden? Welch Unsinn! Maira, du wirst nach deinem baldigen Abschluss, so wie besprochen, auf die Schule für Recht und Ordnung der Stadt gehen und du Anira, auf die Schule der Finanzen!«

Jetzt war Anira doch mutig genug, um der Mutter, auch etwas zu erwidern. Aber meist kam es dann leider doch nicht dazu, denn die Mutter hatte es sich zur Gewohnheit gemacht, wann immer auch Anira etwas sagen wollte, es sofort im Keim zu ersticken. Und so stieß Anira nur einen kleinen Laut aus, als die Mutter schon laut dazwischen brüllte:

»Ruhe Anira! Ich möchte nichts mehr von dir hören. Nichts. Und von deiner Schwester, und ihren dummen Ideen, solltest du dich in Zukunft besser fernhalten! Denn nochmal, so lange ich lebe, müsst ihr tun, was ich euch sage!«

ZWEITES KAPITEL

Maira saß frustriert und allein in der Zimmermitte. Sie hatte anstatt für Ordnung zu sorgen, wie sie das immer tun musste, aus Wut, ihre Kleidungsstücke wild um sich gestreut. In bunten Farben lagen diese um sie herum. Sie konnte einfach nicht verstehen, warum sie die Kleidung, obwohl schon zusammengelegt, immer und immer wieder besser und neu herrichten musste.

War das denn vielleicht einfach nur eine Schikane ihrer Mutter, oder welcher Sinn bestand denn eigentlich darin?

In dieser Zeit könnte sie doch fleißige Fingerübungen machen um noch besser beim Klavierspiel zu werden und sicherlich wäre ihr dann auch gleich noch eine neue Komposition eingefallen.

Manchmal hatte sie das Gefühl, dass Mutter es einfach nicht ertragen konnte, wenn sie glücklich war, oder wenn überhaupt irgendjemand, in ihrem Umfeld auch nur irgendwie, glücklich war.

Es machte den Anschein, dass jede gute Stimmung immer irgendwie von ihr verdorben werden musste. Auch konnte sie die drohenden Worte der Mutter einfach nicht aus ihrem Kopf bekommen, die lauteten: »Denn so lange ich lebe, werdet ihr tun, was ich euch sage.« So sprach Maira sichtlich erregt vor sich hin:

»Ich hasse Mutter. Ja, ich hasse sie. Ich kann nicht anders, als sie einfach zu hassen! Ich weiß, ich darf so nicht denken. Es ist falsch von mir. Ich darf solche Gefühle nicht in mir tragen. Aber ich tue es einfach! Sie ist so gemein und bösartig. Immer geht es nur um das Geld und darum was die anderen Leute über uns denken. Aber nie geht es um uns und unser Glück und um das was ich und auch Anira fühlen.«

Das Mädchen war so unglücklich, über das was geschehen war, dass sie es immer noch kaum fassen konnte. Sie schüttelte kräftig ihren Kopf und sprach dann weiter:

»Egal was sie auch sagt oder tut, sie ist immer nur auf sich selbst und ihre eigenen Vorteile bedacht. Anira leidet so sehr unter ihr und sie merkt es nicht einmal. Nein, sie interessiert sich nicht einmal dafür! Ich hasse sie, ich hasse sie, ich hasse sie und ich will endlich einmal diese Welt verstehen! Warum sind wir denn überhaupt hier, wenn wir nicht das tun können, was wir lieben und wollen und was wir in unserem Herzen, uns am meisten wünschen! Ich will endlich einmal alles verstehen und den Sinn dieser Welt erkennen!«

Kaum hatte Maira diese Worte ausgesprochen, da passierte das Unglaubliche. Es tat einen lauten Knall, das Licht ging kurz aus, daraufhin wieder an, um dann heller als je zuvor zu erstrahlen.

Erst dachte Maira, die Glühbirne in ihrer Lampe sei defekt, die sie, aufgrund des trüben und dunklen Wetters, eingeschaltet hatte. Aber da bemerkte sie noch etwas viel Außergewöhnlicheres. Sie traute ihren Augen kaum und sprach erschrocken:

»Weer biiisst duuuuu?«

Sie zog dabei die Worte seltsam in die Länge. Gut, so etwas passierte ja auch sicherlich nicht alle Tage, dass einfach jemand Fremdes, ohne je die Tür betreten zu haben, plötzlich im eigenen Zimmer stand.

Die kleinere, aber doch sehr kecke Gestalt, erwiderte amüsiert:

»Maira, du fragst dich wer ich bin? Wirklich? Du hast mich doch gerade voller Wut gerufen und nach Antworten gefragt. Hier bin ich! Es steht geschrieben, bittet und euch wird gegeben, klopfet an und so wird euch aufgetan! Jetzt bin ich hier bei dir! Ich bin die Fee des Universums!«

Lustig lief die Gestalt, mit in die Hüften gestemmte Hände, im Zimmer, auf und ab. Man konnte ihr förmlich ansehen, dass sie sehr viel Kraft und Energie besaß und ihre ganze Erscheinung war sehr selbstbewusst.

Maira beobachtete dieses Treiben eine Zeit lang sichtlich erschrocken, bis sie wieder zu sich fand und endlich sprechen konnte:

»FEEEEEE des Universums? Ich dich gerufen? Mit meiner Wut? Wie denn das?«

Die zierliche Gestalt, mit lustigen, quirligen, langen Haaren, in leichtes rot gefärbt, antwortete mit ihrer kecken Art:

»Yes you did!«

Maira konnte immer noch nicht fassen, dass sie mit irgendetwas sprach, das sie nicht einmal richtig deuten konnte. Fakt war, es war eine Frau. Fakt war wohl auch, eine ziemlich attraktive Frau, wenn auch sehr klein und zierlich. Aber solch eine Kleidung hatte Maira noch nie zuvor in ihrem Leben gesehen. Denn das Kostüm, das dieses Etwas trug, schillerte in glitzerndem und leuchtendem Lila, dass es fast schon in den Augen, vor Farbenpracht, weh tat.

So frage Maira, sichtlich eingeschüchtert von dieser farbenfrohen Gestalt:

«Und was willst du jetzt, hier bei mir, in meinem Zimmer?«

Elegant vollführte die Fee eine geschmeidige Bewegung und stand jetzt direkt neben Maira:

»Weißt du Maira, wer nicht nach Antworten sucht, der bekommt sie auch nicht. Ich mag dich deswegen sehr, weil du die Dinge immer hinterfragst und deshalb beobachte ich dich schon lange Zeit.«

Der Gedanke, dass irgendein Wesen, das sich wohl die Fee des Universums nannte, Maira beobachtete, missfiel ihr sehr. War sie dann gar nicht alleine, wenn sie meinte allein zu sein? So sprach sie erstaunt:

»Du beobachtest mich?«

»Ja, ich beobachte dich und auch jeden anderen, wenn ich das will. Maira, ich muss dich warnen. Du hast eine tragende Rolle in diesem Leben eingenommen. Du musst dafür sorgen, dass auf Erden wieder mehr Gleichgewicht hergestellt wird, denn die Kräfte sind aus dem Lot geraten und sind außer Rand und Band! Der Mensch muss wieder auf den richtigen Weg geraten, sonst wird es bald böse für ihn enden!«

Nun wurde die Geschichte ja sichtlich komplizierter und komplizierter, so empfand Maira. Eben noch alleine in ihrem Zimmer, war sie jetzt in Gesellschaft einer Fee, die auch noch von nicht guten Dingen sprach. So fragte sie verwirrt:

»Kräfte außer Rand und Band? Ich verstehe gar nichts mehr.«

Voller Mitgefühl schaute nun die Fee aus honigfarbenen Augen, die perfekt zu ihrem leicht geröteten Haar zu passen schienen, in Mairas grün, grau, blaue Augen die jetzt vor Aufregung, wie die einer Katze in der Nacht, funkelten.

Das geschah mit ihren Augen immer dann, wenn sie aufgebracht war oder voller Begeisterung, zum Beispiel von ihrer Musik, sprach. Aber da konnte Maira plötzlich eine große Liebe in den Augen der Fee sehen und auch in ihrem Herzen spüren. Dieser Blick war so voll Mitgefühl, dass Maira langsam begann, diesem außergewöhnlichen Wesen zu vertrauen, und so hörte Maira gut zu als die Fee zu erklären begann:

»Ja, die Kräfte sind außer Rand und Band, weil eigentlich alles in diesem Universum Daseinsberechtigung hat Maira. Auch Wut. Deine Wut deiner Mutter gegenüber ist berechtigt. Warum verbietest du dir dann diese Emotion? Hat der Schöpfer, wenn er der Schöpfer aller Dinge ist, nicht auch diese Emotion dem Menschen geschenkt und dies mit gutem Grund? Es ist also schlichtweg eine Lüge, dass du solche Emotionen nicht empfinden darfst!

Das Schlimme ist dann nämlich, dass genau diese Unterdrückung deiner Emotionen der Dunkelheit Macht geben, dich zu zerstören.«

Jetzt war Maira noch verwirrter denn je zuvor. Hörte sie doch von allen Seiten und ständig, dass man solche Emotionen nicht in sich tragen durfte und so schüttelte sie resigniert ihren Kopf und sagte:

»Fee, ich verstehe wirklich immer noch nicht. Nein, ich bin jetzt sogar noch verwirrter denn je zuvor.«

Wieder blickte die Fee direkt in Mairas Augen so voller Liebe und Mitgefühl, dass Maira plötzlich wusste, dass alles, was ihr dieses unglaubliche Wesen sagte, die absolute Wahrheit sein musste. Nein, diese Augen konnten nicht lügen. Zu viel Liebe war in diesem Blick. Zu viel Mitgefühl sprach aus ihr. Sie konnte es wahrlich nur gut mit ihr meinen.

Die Fee setzte sich nun neben Maira auf den Boden und berührte sie sanft an der Schulter als sie weitersprach:

»Du hast mich doch gerade gerufen und Fragen gestellt. Jetzt bin ich da um dir alles zu erklären und um sie dir zu beantworten. Wenn du dir diese berechtigten Emotionen gegen deine Mutter verbietest, wirst du krank werden Maira, denn sie werden dann unterdrückt, tief in deiner eigenen Seele sitzen und dort wüten und dich selbst vergiften und zerstören.

Der Fürst der Dunkelheit freut sich dann nur darüber, weil in dir selbst dann die Dunkelheit überhandnimmt und du dann so dein Lebenslicht immer mehr verlierst. So bekommt der Fürst der Dunkelheit Macht über dich und in Wirklichkeit opferst du dich ja auch nur für jemanden auf, wenn du dir nicht erlaubst, authentisch zu sein und immer wirklich das auszuleben, was du in diesem Moment auch fühlst.«

Jetzt blickte die Fee noch sanfter und mit noch mehr Liebe in Mairas, vor Erstaunen über das was sie da gerade gehört hatte, weit geöffnete Augen.

»Maira, jeder muss das Ja und das Nein leben, die Liebe und den Hass, das Licht und die Dunkelheit in gewissem Maße in sich tragen, damit die Kräfte im Gleichgewicht sind. Jeder muss nur genau wissen, wann welches Gefühl auch Daseinsberechtigung hat.

Hasse nicht, wenn jemand in wahrer Liebe zu dir spricht und es wirklich gut mit dir meint und dir von ganzem Herzen nur Gutes wünscht. Aber liebe auch nicht, wenn jemand dir nur Böses wünscht und dir deine Träume und auch dein Licht nehmen möchte.

Egal wer es ist, ob Mutter, Schwester oder Freund, es zählt nicht wer es ist, es zählt nur, was er in seinem Herzen trägt. Umso mehr sich jemand von seinem Schöpfer entfernt, umso mehr Böses trägt er dann in sich. So ein verbittertes Herz kann dich nicht lieben Maira.

Auch wenn es deine Mutter ist, es ist einfach zu viel Böses in ihr und du musst dazu Nein sagen. Du musst unbedingt lernen Nein zu sagen, zu Dingen, die sich nicht richtig für dich anfühlen, denn das ist der gesunde Anteil in dir selbst der Wut, um dich vor schlechten Dingen zu schützen. Denn lebt jemand nur den einen Teil der beiden Kräfte aus, zum Beispiel nur das Ja, dann bekommt der andere Teil Macht über ihn und man kann ihm dann immer Böses tun.

Und genau das ist es, was bei euch auf Erden passiert ist. Die Dunkelheit hat so Macht über euch alle bekommen, weil sie euch durch Lügen das Nein verboten hat. So seid ihr, ihr schutzlos ausgeliefert. Damit hat der Fürst der Dunkelheit seine Übermacht auf Erden erst überhaupt aufbauen können.«

Jetzt konnte man der Fee sichtlich ansehen, welch Sorge sie wohl um die menschlichen Geschöpfe auf Erden trug. Scheinbar lief wohl wirklich Vieles aus dem Lot.

Auch Maira musste sich jetzt eingestehen, dass fast kaum noch ein Mensch in ihrem Umfeld glücklich war und jeder Tag nur noch grau und dunkel begann. Hatte die Fee womöglich Recht mit allem? Als könnte diese ihre Gedanken lesen sprach sie:

»Ich habe mit allem Recht Maira. Deshalb ist es jetzt wichtig, dass du eisern deinen eigenen Weg gehst und lernst dein Licht wieder hell erstrahlen zu lassen. Und eines Tages wirst du andere dabei unterrichten, das Gleiche zu tun. Dann wirst du wieder für Gleichgewicht hier auf Erden sorgen und die Fürstin des Lichts wird dadurch gerettet werden und kann dann wieder hell am Horizont erstrahlen, schöner und mächtiger als je zuvor. Maira, der Schöpfer will, dass du zurechtrückst, was der Fürst der Dunkelheit und die Fürstin des Lichts im Universum einst angerichtet haben, du bist von ihm dazu berufen. Es ist Zeit, dass das Gleichgewicht durch dich wieder hergestellt wird.

Denn der Schöpfer hat entschieden, der Mensch soll jetzt endlich wieder heil und ganz werden und wieder nach seinen wahren Gesetzen leben.«

Maira versuchte die Worte in sich aufzunehmen, die sie gerade gehört hatte. Aber es fiel ihr schwer alles zu verstehen.

»Der Mensch soll wieder ganz und heil werden? Ich bin berufen? Aber wer ist denn überhaupt der Fürst der Dunkelheit und wer ist die Fürstin des Lichts, liebe Fee?

Ich habe noch nie von ihnen gehört. Und irgendwie verstehe ich jetzt gar nichts mehr!

Und wieso sind denn die Kräfte im Universum erst überhaupt aus dem Gleichgewicht geraten?«

Jetzt sprang die Fee hektisch auf, so dass ihr Gewand förmlich lila Funken um sich schlug und sie rief begeistert:

»Ich wusste, dass du das jetzt fragst Maira. Genau deshalb mag ich dich ja so sehr, weil du immer alles hinterfragst und deshalb erzähle ich dir jetzt auch was passiert ist.«

Und so begann die Fee des Universums Maira, das große Drama das sich einst ereignet hatte und das das Gleichgewicht im ganzen Universum zerstört hatte, zu erklären.

Denn es war so gewesen, dass der Schöpfer dem Fürsten der Dunkelheit eine der wichtigsten Positionen im Universum zugestanden hatte, weil er ihn wirklich sehr schätzte und ihm vertraute.

So sollte der Fürst der Dunkelheit für das Nein, den Hass und die Wut im Menschen zuständig sein. Besser gesagt für den gesunden Hass und die gesunde Wut, die in jedem Menschen vorhanden sein sollte. Denn auch das hatte seinen guten Grund. Denn so sollte der Mensch die Kraft haben, zu schlechten Dingen die sich nicht gut für ihn anfühlten, auch Nein sagen zu können.

Und er gab der Fürstin des Lichts eine der wichtigsten Position im Universum.

Sie sollte im Menschen für das Ja, die Liebe und die Freude sorgen. So sollte sie dem Menschen dabei helfen, immer auf dem für ihn vom Schöpfer vorgesehenen Weg zu bleiben.

Der Fürst der Dunkelheit hingegen, sollte dem Menschen helfen NEIN sagen zu dürfen zu Dingen, die ihm vom vorgesehenen Weg des Schöpfers abbringen würden.

Immer dann, wenn der Mensch Liebe und Freude in sich spürte, dann sollte die Fürstin des Lichts dafür sorgen, dass der Mensch weiterhin den Weg seiner Berufung ging. Immer wenn er vom Weg abkommen sollte, sollte der Fürst der Dunkelheit eingreifen, als Warnsignal jetzt NEIN sagen zu müssen und gesunden Hass und gesunde Wut zu empfinden, um wieder auf den richtigen Weg des Schöpfers geraten zu können.

Nicht einer der beiden war wichtiger als der andere.

Sie beide waren notwendig, um den Menschen richtig lenken und leiten zu können und somit immer auf dem Weg des Schöpfers zu bleiben. Deshalb schätzte der Schöpfer beide auch gleichermaßen mit ihren wichtigen Aufgaben, die sie von ihm erhalten hatten.

So kam es aber, dass der Fürst der Dunkelheit eines Tages auf die Fürstin des Lichts traf und sie in ihrer vollen Schönheit und Pracht sehen durfte. Und so begann er ein wenig Neid für sie zu empfinden. Denn sie war in seinen Augen so schön, hellstrahlend und so voller Freude und er hingegen leuchtete, aus seiner Sicht, nur im tiefsten Schwarz, dass er leider seine eigene Schönheit nicht mehr erkennen konnte. Und so begann er langsam, seine wichtige Aufgabe für die er vom Schöpfer berufen war, zu verkennen und nach und nach auch zu vergessen.

So verlor er immer mehr die Verbindung zu seinem Schöpfer und somit auch nach und nach zu seinem eigenen Licht.

Und so war es, dass er, als er die Fürstin des Lichts wieder einmal sah, sie unbedingt besitzen wollte, denn er wollte ihr Licht haben. Und so täuschte er, der Fürstin, falsche Liebe vor und diese begann irgendwann, verbotenerweise, seine Liebe zu erwidern. Dies erforderte natürlich erst viel Geduld vom Fürsten, doch die wies dieser auf und eines Tages, war ihm die Liebe der Fürstin gewiss.

Doch seine Liebe beruhte nur auf Besitz und Macht die er über sie ausüben wollte.

Und ja, obwohl der Schöpfer absolut dagegen war, begannen die beiden sich heimlich zu treffen.

Da der Schöpfer jedoch über allem steht, denn der Schöpfer weiß immer alles, wusste er natürlich davon. Aber da er aus Liebe zu seinen Geschöpfen, allen den freien Willen zugestanden hatte, ließ er sie walten. Jedoch war ihm klar, dass diese falsche Liebe, die nicht auf seinen wahren Gesetzen beruhte, große Konsequenzen für das gesamte Universum mit sich bringen würde und dadurch, für alle Wesen auf dem Planeten Erde, sich großes Leid ereignen würde. Und genau wie der Schöpfer es schon erahnen konnte, ereignete es sich auch so, dass der Fürst der Dunkelheit, die Fürstin des Lichts immer mehr besaß anstatt sie zu lieben und ihr, ihr Licht nahm um sich selbst damit zu nähren. Hatte er doch sein eigenes verloren.

So wurde die Fürstin des Lichts dadurch immer schwächer und auch sie verlor die Verbindung zu ihrem Schöpfer mehr und mehr. Da sie glaubte, dass es wahre Liebe sei, ließ sie sich immer mehr vom Fürsten, durch Quälerei, ihres Lichts berauben. Und anstatt ihm das gesunde NEIN, auszusprechen, opferte sie sich für ihn auf und gab immer mehr von ihrer Kraft an ihn ab.

Und so wurde sie krank. Jetzt war sie nicht mehr strahlend schön. Und umso mehr sie ihr Licht verlor, umso mehr verloren auch die Menschen auf dem Planeten Erde ihr Licht. Und so wie der Fürst der Dunkelheit immer mehr an böser Macht über die Fürstin gewann, so bekam er auch auf dem Planeten Erde die dunkle Übermacht.

Die Menschen waren von diesem Zeitpunkt an verloren. Denn es war ihnen kaum mehr möglich, die Stimme des Schöpfers weiterhin zu hören und zu empfangen und somit von ihm geschützt zu werden, denn ihre Herzen waren verschlossen.

Maira lauschte mit tiefstem Interesse den Worten der Fee und sie begann langsam in ihrem Herzen zu verstehen, was die Fee damit meinte.

Und bald sollte auch sie die Übermacht des Fürsten der Dunkelheit noch viel tiefer zu spüren bekommen und das Ungleichgewicht auf Erden besser verstehen. Aber die Worte der Fee gaben ihr auch Trost und Mut und bestärkten sie darin, weiterhin auf ihr Herz und ihre innere Stimme zu hören, auch wenn ihre Mutter ihr meist einreden wollte, dass das falsch sei und sie nur ihr gehorchen müsse.

Und so setzte sich Maira anschließend freudig ans Klavier und komponierte ein Lied, das ihr helfen sollte, all diese neuen Erkenntnisse besser zu verarbeiten.

DRITTES KAPITEL

Einige Zeit war nun vergangen und Anira saß gerade alleine im Zimmer. Maira war spazieren gegangen, so wie sie es immer tat, wenn sie der Mutter entfliehen wollte. Schon seit geraumer Zeit sorgte sich Anira immer mehr um ihre Zukunft. Ihr Haar hatte sie zu einem Pferdeschwanz zusammengebunden, was ihr Gesicht noch schöner und markanter erscheinen ließ. Und so zerbrach sie sich wieder einmal den Kopf, wie ihr Leben denn nur weiter gehen sollte:

»Ich weiß auch nicht was ich machen soll. Soll ich Maira glauben und versuchen auf der Schule der Schreibkunst angenommen zu werden oder soll ich auf Mutter hören? Schule der Finanzen, oh je, ich hasse doch Zahlen, wie soll ich denn da eines Tages glücklich werden. Aber reicht mein Talent wirklich für die Schule der Schreibkunst aus, so wie Maira es sagt, und kann ich damit irgendwann ein wohlhabendes Leben führen, so wie Mutter es sich wünscht?«

Und als Anira diese Worte sprach, bekam auch sie, wie einige Zeit zuvor Maira, einen stillen und heimlichen Besucher, der im Schatten des Schrankes stand.

Eine ganz in schwarz gekleidete Gestalt verweilte dicht, aber unerkannt, neben ihr. Es war die Angst und der Fürst hatte sie zu Anira gesandt, um ihr Angst und Zweifel einzureden, damit sie ihren Traum für immer aufgeben würde.

Anira bemerkte von dem fremden Besucher nichts und sprach währenddessen unbeirrt weiter:

»Ein Leben mit Zahlen ist für mich wie gar kein Leben. Ist Geld und Anerkennung denn wirklich so wichtig? Ich weiß es einfach nicht. Ist man denn nicht glücklicher mit weniger Geld aber mit der Gewissheit, dass man jeden Tag das tun darf, was einen tief im Herzen auch erfüllt?«

Die ganz in schwarz gekleidete Gestalt trat nun unbemerkt näher an Anira heran und hauchte ihr einen ganz sanften Wind zu.

Einen Hauch der Angst und einen Hauch des Unglaubens an sich selbst, denn dies war ja die Aufgabe, mit der der Fürst der Dunkelheit sie zu Anira geschickt hatte.

Ganz, ganz leise und für menschliche Ohren fast unhörbar hauchte sie Anira die Worte ins Ohr, die ihre Ängste, an der Schule der Schreibkunst zu versagen, verstärken sollten. Immer und immer wieder tat sie es, bis es endlich so weit war und Anira sprach:

»Ach dieser ganze Unfug mit meinen Gedichten! Mutter hat so sehr recht! Wie weit soll ich es damit schon bringen? Ich werfe mein Buch der Dichtkunst lieber fort, damit ich künftig nicht mehr auf so unsinnige Ideen komme, so wie Mutter es nennt. Und besser ist es, ich gehorche ihr. Irgendwann werde ich mich schon an ein Leben mit Zahlen gewöhnen.«

Nur ganz kurz wurde Anira noch einmal schwach und drückte ihr Buch der Dichtkunst fest an ihr Herz, bevor sie es dann aber entschieden wegwarf, in den kleinen Papierkorb, der am Rande des Zimmers stand.

In diesem Moment betrat die Mutter unbemerkt das Zimmer und beobachtete voller Zufriedenheit, wie Anira das Buch ihrer Dichtkunst, das ihr doch von klein auf so sehr am Herzen lag, einfach wegwarf. Und sie sprach gehässig und leise vor sich hin:

»Ich habe es endlich geschafft, die beiden Schwestern sind für immer entzweit und ich habe somit gewonnen. Anira wird ab sofort nur noch meinen Weg gehen!«

Auch der Fürst der Dunkelheit hatte alles beobachtet und war sich gewiss, dass dadurch seine Übermacht auf Erden, für immer, bestehen bleiben würde. Alles müsste jetzt nur noch seine Wege gehen.

Die Mutter, seine Untergebene, hatte ihn wahrlich nicht enttäuscht und wirklich gute Dienste geleistet.

Aber er hatte auch nichts anderes von ihr erwartet, war sie ihm doch schon so viele Jahre treu untergeben.

Selbstzufrieden, wie auch die Mutter es nun war, lief er im Wald der Dunkelheit spazieren und schwang seinen langen, schwarzen Umhang, den er stets bei sich trug, vor Freude über seinen Sieg, hin und her. Wenn er dies tat wagte es keiner der Kreaturen, die bei ihm in seinem Wald lebten und somit ihm gehörten, auch nur ansatzweise, in seine Nähe zu geraten. Wusste doch ein jeder von ihnen, dass selbst die angebliche Freude des Fürsten von quälender Dunkelheit und großem Leid überschattet war.

Und so hatte auch die Angst, ohne es zu wollen, der Dunkelheit gedient. Die Angst meinte es eigentlich nicht schlecht mit Anira. Aber selbst in der Dunkelheit und in den Lügen des Fürsten gefangen, wurde sie von ihm dazu benutzt, Anira tief in den Abgrund zu stürzen.

VIERTES KAPITEL

Nach einem langen Gespräch mit der Mutter, in dem Anira immer und immer wieder vor Augen geführt wurde, dass Maira es nicht gut mit ihr meinte, betrat diese schließlich, schlecht gelaunt, das gemeinsame Jugendzimmer.

Maira war gerade glücklich dabei ihr selbst komponiertes Lied zu singen und einmal wieder aufzuräumen, als Anira sie harsch beim Singen unterbrach:

»Was machst du da, Maira?«

Fröhlich wandte Maira sich zu ihrer Schwester:

»Ich räume auf und überlege mir schon einmal, was ich auf die Hochschule der Musik mitnehmen werde und was nicht. Hast du auch schon überlegt, was du einpacken wirst?«

»Maira, ich komme nicht mit!«

Nun blickte Maira erschrocken zu ihrer Schwester. Hatte sie gerade richtig gehört?

»Was heißt du wirst nicht mitkommen? Es, es ist doch dein Traum!«

Anira, von der Mutter sichtlich in Rage gebracht, konnte sich kaum noch bremsen mit ihren garstigen Worten der Schwester gegenüber und sprach weiter:

»Mutter hat recht! Du setzt mir ständig nur Flausen in den Kopf und möchtest mich vom Weg abbringen, die richtigen Dinge zu tun. Mutter sagt, du warst schon immer neidisch auf mich, weil ich besser in der Schule bin als du.«

Maira musste kurz tief durchatmen und einen Moment lang innehalten um alles richtig in sich aufzunehmen.

»Aber Anira, du kannst doch so etwas nicht über mich denken!

Du weißt doch, wie sehr ich dich von ganzem Herzen liebe und wie sehr ich dir all das Glück dieser Welt wünsche und auch gönne.«

Jetzt schüttelte Anira heftig den Kopf:

»Nein, Mutter sagt, du wärst nur neidisch auf mich und meine guten Noten und dass ich es auf der Schule für Finanzen weit bringen könnte! Und sie hat recht, es ist dein purer Neid auf meine Intelligenz, der mir solche Flausen in den Kopf setzt. Also gehe alleine auf deine blöde Hochschule für Musik. Du wirst eh nie angenommen werden und auch nie erfolgreich sein! Niemals reicht deine Begabung dafür aus, dir deine Wünsche und Träume zu erfüllen!«

Maira fühlte einen tiefen Stich in ihrer Brust, als sie ihrer Schwester verzweifelt erwiderte:

»Aber Anira, du glaubst doch Mutter wohl nicht diese bösartigen Lügen über mich?«

Doch Anira entgegnete nur entschieden:

»Warum sollte Mutter denn überhaupt lügen?«

Mit einem Knall der Türe, ohne sich zu verabschieden, verließ Anira das Zimmer. Maira konnte immer noch nicht glauben, was sie soeben erlebt hatte. Und so sprach sie traurig:

»War das nur ein Traum, oder war es Wirklichkeit? Wie konnte Anira mir nur derart in den Rücken fallen?«

Während Maira voll Schmerz jetzt alleine in ihrem Zimmer war und niederkniete, denn sie konnte sich kaum noch auf den Beinen halten, und entschied, dass es langsam Zeit war für sie zu gehen, saß auch die Fürstin des Lichts, im Wald der Mitternacht, kniend vor Schmerz am Boden. Dort hielt der Fürst der Dunkelheit sie, im Namen der falschen Liebe, gefangen.

Sie hatte schon sehr viel von ihrem Licht verloren und langsam begann sie den großen Fehler,

den sie einst begangen hatte, in dem sie dem Fürsten der Dunkelheit seine Lügen glaubte und dadurch ihm gehörte, auch in ihrem Herzen zu fühlen. Doch seine Macht über sie war viel zu stark, als hätte sie sich je von ihm lösen und befreien können.

Aber als Maira voll Trauer begann eines ihrer Lieder zu singen, konnte die Fürstin des Lichts plötzlich in ihrem Herzen die Stimme Mairas, und auch ihren Wunsch nach Befreiung, hören und fühlen. So sang sie irgendwann, ebenso voll Trauer, das Lied aus der Ferne mit. Und als sie mit Maira ihr schönes Lied sang, begann auch die Fürstin des Lichts immer mehr zu verstehen, dass es eigentlich auch für sie schon längst Zeit war zu gehen und den Fürsten der Dunkelheit zu verlassen.

Nachdem Maira ihr Lied voller Schmerz und Gefühl zu Ende gesungen hatte, Tränen kullerten ihr dabei über ihr blass gewordenes Gesicht, entschloss sie sich, sofort, endgültig und für immer zu gehen.

Irgendwie würde sie es schon schaffen, auch alleine, ohne Anira. Denn alles war besser für sie, als das hier noch länger zu ertragen. So holte sie eifrig einen alten Koffer aus dem Speicher, packte ihre wichtigsten Sachen und beschloss nicht länger, in diesem Haus der Lügen, zu bleiben. Da sprach sie ganz traurig zu sich:

»Ich muss gehen, ich muss hier weg, ich kann nicht mehr all diese Lügen und Gemeinheiten ertragen.«

Doch als sie gerade dabei war die letzten Dinge in den alten, braunen Koffer zu packen, da entdeckte sie das Buch der Dichtkunst ihrer Schwester im Papierkorb, der noch nicht geleert worden war. Sie drückte das Buch voller Liebe an ihre Brust, die vor Aufregung zitterte:

»Oh, Aniras Gedichts-Band, sie hat es einfach weggeworfen. Ich packe es ein und nehme es mit. Wenigstens dies soll mich für immer an sie erinnern und mir gehören.«

Und als sie die Worte gesprochen hatte, da drückte sie das Buch noch fester an ihr Herz und es beruhigte sich ein wenig. Sie sammelte ihre letzten Kräfte und verließ das Haus.

Und als Maira ihrem Elternhaus den Rücken zukehrte, da der Schmerz über den Verrat der geliebten Schwester einfach zu tief saß, da begann sie in Wahrheit, ohne es zu wissen, da sie von Wut und Trauer überschattet war, ein neues Leben. Sie begann ihren eigenen Weg zu gehen und ohne es zu wissen, begann sie auch die Fürstin des Lichts zu retten.

Anira hingegen, sollte schon kurze Zeit später sehr bereuen, ihrer Schwester in den Rücken gefallen zu sein.

FÜNFTES KAPITEL

Und so geschah es, dass Maira auf der Hochschule der Musik erfolgreich angenommen wurde und darin aufblühte, ihrer wahren Bestimmung zu folgen.

Die Hochschule der Musik war ein stattliches Haus. Ein großes, imposantes Gebäude aus roten Ziegeln und mit schönen, hohen Fenstern, die einem manchmal, einen Einblick in die Künste gewährten, waren diese im Sommer, wegen der aufkommenden Hitze, geöffnet. So gingen dort Menschen ein und aus, die voller Disziplin und Fleiß ihren Begabungen folgten.

Mairas Lieblingslehrer und auch Gesangslehrer war Maestro Fontale. Er war ein stets gut gelaunter, netter, älterer Herr mit hellem Haar und freundlichem Blick. Seine kugelrunden, blauen Augen schauten sie stets fröhlich und munter an. Er war dafür bekannt, seine Studenten zwar streng und konsequent zu unterrichten, aber auch stets ein offenes Ohr für sie zu haben, wann immer sie ihn brauchten.

Für Maira war er wie ein Mentor und ein verlässlicher Zuhörer, der ihr wirklich stets mit Rat und Tat zur Seite stand, wenn sie einmal etwas bedrückte.

Und so liebte sie die Unterrichtsstunden bei ihm sehr, war doch Gesang auch noch ihr Lieblingsfach. So waren die beiden, auch heute, wieder einmal fleißig am üben. Herr Fontale spielte eifrig eine Übung am Klavier und Maira sang diese nach:

»LALALALALALALA«

Bis sie irgendwann fertig waren mit dem Training und Maestro Fontale sprach:

»So Maira, genug für heute. Du hast wirklich sehr, sehr gute Arbeit geleistet. Ich bin mehr als nur zufrieden mit deinen Fortschritten. In ein paar Wochen kannst du, beim Konzert, deine außergewöhnliche Stimme, durch die Hallen, erklingen lassen. Ich freue mich schon sehr darauf.

Es wird sicherlich ein großer Moment für dich werden! Bis zur nächsten Stunde Maira. Habe bis dahin eine schöne Zeit!«

Maira erwiderte glücklich:

»Ja Herr Lehrer, vielen Dank!«

Maestro Fontale hatte gerade erst das Zimmer verlassen, als plötzlich wieder einmal ein lauter Knall durch den Raum erschallte. Das Licht ging kurz aus, daraufhin wieder an, um dann heller als je zuvor zu erstrahlen!

Und da stand sie nun, direkt neben dem Klavier, die Fee des Universums! Sie trug ihr gewohntes, prächtiges, lila Kostüm, das heute noch mehr glitzerte als beim letzten Besuch. Wieder einmal erfüllte sie den Raum mit ihrer außergewöhnlichen Präsenz und Kraft und so sprach sie auch schon voller Begeisterung:

»Maira, du hast solch eine schöne Stimme. Ich bin so stolz auf dich. Du bist deinen Weg gegangen!«

Nachdem Maira kurz den Schrecken überwinden musste, den ihr die Fee einmal wieder durch ihren Überraschungsbesuch eingejagt hatte, begann sie sich zu freuen, als sie erkannte, wer wieder vor ihr stand.

»Oh Fee, schön dich wieder zu sehen. Ich freue mich wirklich sehr, dass du mich endlich einmal besuchst.«

Die Fee hatte ihre Hände wieder in die Hüften gestemmt, so wie es wohl ihre Gewohnheit zu sein schien, und lief nun aufgeregt hin und her während sie sprach:

»Weißt du Maira, der Schöpfer kann dir nur das zur Verfügung stellen an das du selbst auch wirklich glaubst. Du hast an deinen Erfolg geglaubt, so konnte der Schöpfer ihn dir auch schicken.

Es ist wichtig, dass du lernst dich selbst zu lieben und auch immer an dich zu glauben. Dann wirst du in diesem Leben noch Vieles erreichen.

Der Schöpfer, der alles lenkt und leitet, hat das für dich vorgesehen. Er ist zufrieden mit dir, denn er weiß, dass du stets auf dein Herzen hörst und der Schöpfer spricht eben nun mal durch die Herzen der Menschen zu ihnen!«

Jetzt hielt die Fee inne und fasste Mairas Hände und drückte diese sanft und erklärte besorgt weiter:

»Aber genau das ist das Problem. Durch die Übermacht des Fürsten der Dunkelheit, sind die Herzen der meisten Menschen verschlossen und sie können deshalb seinem Ruf einfach nicht mehr folgen. Das macht ihn mitunter sehr, sehr wütend, weil er doch eigentlich nur das Beste für euch alle möchte. Aber genau deswegen ist es ja jetzt Zeit, dass sich alles erfüllt, was geschrieben steht!«

Resigniert erwiderte Maira:

»Ach Fee, es ist immer so schwer deinen Worten zu folgen, aber ich versuche es.«

Jetzt war die Fee so in ihrem Eifer zu erklären, dass sie ihre Hände wieder nahm und begann, ihren Pferdeschwanz, den sie heute trug, wild hin und her zu wirbeln:

»Genau das ist aber auch das Problem Maira. Die meisten Menschen versuchen erst gar nicht mehr, so wie du es immer tust, die Wahrheit herauszufinden und diese dann auch zu leben und dem Wort des Schöpfers aller Dinge zu folgen. Nein, es ist sogar noch viel schlimmer! Mittlerweile hat die Dunkelheit schon so viel Macht auf Erden, dass sie Berufe kreiert hat, in denen euch eingetrichtert wird, dass es schon einmal gar keine Wahrheit gibt, die befolgt werden muss! So kann das Böse auf Erden wüten und walten wie es will und euch ständig vom Weg abbringen! Armer Planet Erde!

Genau deshalb greift der Schöpfer jetzt endlich ein, denn es ist Zeit die Welt und den Menschen zu heilen und zu retten!«

Nun schaute Maira einmal wieder recht durcheinander drein. Aber sie wusste, dass sie die Worte der Fee erst einmal setzen lassen müsste und dann schon alles verstehen würde.

Und so blieb sie still. Die Fee jedoch näherte sich Maira und umarmte diese von ganzem Herzen und sagte dann ganz freudig:

»Komm Maira, lasse uns gemeinsam ein Lied singen!«

Und so stimmten die beiden glücklich ein Lied an.

So war Mairas Freude groß über das bisher erreichte. Der Weg war nicht einfach, teilweise sogar sehr steinig, gewesen.

Doch sie hatte es geschafft an der Hochschule für Musik angenommen zu werden und ihren Weg zu gehen und sie hatte jetzt das Privileg, jeden Tag das zu tun, was ihr am meisten Freude bereitete.

Was sie aber zu diesem Zeitpunkt noch nicht wusste war, dass ihre Schwester Anira, nun gänzlich vom Weg abgekommen war.

In den Fängen der Mutter hatte sie beschlossen, tatsächlich auf die Hochschule der Finanzen zu gehen. Mit jedem Tag, an dem sie etwas tat, für das sie nicht berufen war und ihr auch keinerlei Lebensfreude bereitete, starb ihr inneres Licht ein wenig mehr und so sprach Anira irgendwann, matt und müde, zu sich selbst:

»Oh, was soll ich denn nur tun. Mir geht es gar so schlecht. Nichts, wirklich nichts, ergibt mehr einen Sinn für mich. Ich tue jeden Tag etwas, das mir keine Freude bereitet. Ich tue jeden Tag etwas, das mich nicht erfüllt.

Ich muss mit Mutter reden, dass es so nicht weitergehen kann. Ständig ist mir schlecht und ich fühle mich geschwächt von der kleinsten Kleinigkeit. Mein Kopf schmerzt von Tag zu Tag ein wenig mehr.«

Anira fasste sich nun traurig und gequält an ihren Kopf. Ihre sonst so großen, schönen, braunen Augen waren jetzt ganz klein und kaum geöffnet.

»Aber nein, das kann ich nicht tun. Mutter wird mich wie immer nicht verstehen.

Sie wird kein Mitgefühl für mich haben, dafür, dass ich keine Kraft mehr habe auf die Schule der Finanzen zu gehen. Sie wird mich zwingen weiter zu machen, weil sie dann denken wird, dass es eine Schande für sie wäre, es vor den Leuten der Stadt zu erzählen. Aber ich bin so müde, und das was ich dort jeden Tag tue, ergibt einfach keinen Sinn mehr für mich.«

Und so stimmte auch Anira nun verzweifelt ein Lied an. Sie sang es aus tiefster Seele, konnte sie doch fühlen, dass sie alles falsch gemacht hatte. Und so war es, dass Anira, kurze Zeit später, krank wurde, schwer krank.

Die Angst, die immer präsent war, begann langsam ihren großen Fehler zu verstehen den sie begangen hatte. Sie gestand sich ein, dass sie der Dunkelheit gedient hatte und somit dazu beigetragen hatte, dass Anira vom Weg abgekommen war.

So litt diese nun unter schwerer Krankheit und war mittlerweile sogar bald dem Tode geweiht.

Bestürzt von den Ereignissen, beschloss die Angst zum Fürsten der Dunkelheit zu eilen um mit ihm darüber zu reden.

Der Fürst stand inmitten des Waldes der Mitternacht in dem er lebte. Auf seinem mächtigen, schwarzen Pult stapelte sich eine Menge Papier. Dort hielt er sich die meiste Zeit des Tages auf. Auch wenn selbst der Tag, im Wald der Mitternacht, tief schwarz war, da kein Sonnenlicht darin einfiel. Sonne konnte der Fürst der Dunkelheit einfach nicht ertragen.

Seinen schwarzen, langen Umhang hatte er, wie immer, auf seine breiten Schultern gelegt. Zögerlich trat die Angst näher an ihn heran. Sie konnte schon erahnen was ihr blühen sollte. Aber trotz allem war sie sich gewiss, dass es keinen anderen Weg gab, als mit ihm zu sprechen um sich Klarheit zu verschaffen. Also begann sie ganz leise zu reden:

»Fürst, Herr und Gebieter, ich muss etwas mit dir besprechen.«

Der Fürst wandte sich mit einer schnellen, unberechenbaren Bewegung zu ihr um. Er genoss es, ein jeden stets zu erschrecken und einzuschüchtern und so sprach er gedehnt:

»Ja Angst, was ist denn?«

»Fürst, das was wir tun, erscheint mir nicht gut zu sein.«

Jetzt schaute der Fürst der Angst, direkt mit seinen dunklen, schwarzen Augen, in die ihrigen, die sich vor Entsetzen, sofort von ihm abwenden mussten, denn das was darin zu sehen war, oder besser gesagt auch nicht, denn sie schienen seelenlos zu sein, ließ sie stocksteif vor Schrecken werden.

Als der Fürst dies bemerkte, schien er sichtlich zufrieden zu sein mit seiner dunklen Präsenz, die wirklich jeden erstarren ließ, und so sprach er zufrieden weiter.

»Wieso behauptest du denn so etwas? Du weißt doch, dass wir die Menschen nur davon abhalten, etwas zu tun, das nicht gut für sie wäre.«

Die Angst konnte kaum noch ein Wort fassen aber konzentrierte sich, mit aller Kraft, weiter zu sprechen:

»Ja Fürst, so erzählst du es, aber mir scheint es anders zu sein. Es kommt mir vor, als wäre meine Aufgabe die du mir zugeteilt hast dafür bestimmt, die Menschen von ihrer wahren Berufung und somit von ihrem wahren Glück abzuhalten.«

»Wie kommt dir denn nur so eine Dummheit in den Sinn? Willst du es damit etwa wagen zu behaupten, dass das was ich tue, nicht richtig ist Angst?«

Die Angst konnte nun sichtlich fühlen, dass es immer ungemütlicher werden würde. Mit jedem Wort. Aber wie lange sollte es denn noch so weiter gehen, dass sie Angst vor ihm hatte und vielleicht somit das Falsche für ihn tat.

So sprach sie tapfer weiter:

»Sieh nur am Beispiel von Anira Fürst. Sie ist krank geworden. Schwer krank. Ihr Licht ist fast erloschen.«

»Ja denkst du denn jetzt, das ist meine Schuld?«

Nun sprudelte es förmlich aus der Angst heraus:

»Fürst, Anira wollte mit Maira gemeinsam ihren Weg gehen. Sie wollte an der Schule der Schreibkunst studieren um ihrer wahren Berufung zu folgen. Du hast mich zu ihr gesandt um ihr Angst und Zweifel zu schicken und sie vom Weg abzubringen.

Anstatt ihr Gutes zu tun, und sie vor einer wahren Gefahr zu warnen, liegt sie jetzt im Sterben! Fürst, das kann doch nicht gut sein!«

Jetzt lachte der Fürst plötzlich laut auf. Es amüsierte ihn irgendwie, dass dieses kleine, dumme Geschöpf langsam ein wenig begriff, was es da tatsächlich für ihn tat und so war er jetzt wohl eine Erklärung schuldig:

»Weißt du liebe Angst, der Mensch, der Bedarf meiner Führung. Und naja, ich will es mal so ausdrücken, um meine Macht über die Menschheit zu halten ist Angst eben ein gutes Mittel, um nicht zu sagen, das beste Mittel überhaupt! Denn Angst macht sie alle schwach, klein und gefügig! Somit kann ich sie dann beherrschen, lenken und leiten wie ich es will und nicht wie der Schöpfer es für sie vorgesehen hat!«

Jetzt lachte der Fürst noch lauter auf und seine Stimme klang so gehässig und bissig, dass es der Angst in den Ohren weh tat. Sie konnte sich nicht erklären, was er daran so lustig fand. Und so erwiderte sie entsetzt:

»Aber Fürst, meine Aufgabe ist es doch nicht dir zu dienen um den Menschen Schlechtes zu bringen, damit du deine Macht über sie halten kannst!«

Jetzt wurde der Fürst sichtlich wütend. Wie konnte sich diese widerliche, kleine Kreatur nur Widerstand gegen ihn erlauben?

»Doch, genauso ist es Angst! Dies ist meine Welt und du hast mir zu dienen, wie es mir gefällt! Und jetzt geh und lasse mich in Ruhe!«

Jetzt war es wirklich Zeit zu gehen. Das wusste die Angst. Sie entfernte sich leise vom Fürsten der Dunkelheit, tief ergriffen von dem, was sie soeben von ihm erfahren hatte und mit dem Bewusstsein, dass sie Schlimmes angerichtet hatte, in dem sie ihm gedient hatte. Sie war auf ihn hereingefallen, auf ihn und seine bösen Lügen, dass er es nur gut meinte mit allem was er tat, dabei unterdrückte er die Menschen in Wahrheit nur mit Angst und Schrecken. Ihre Worte, die sie anschließend sprach, klangen leise und voller Schuld:

»Oh, was habe ich nur getan? Ich, ich wusste nicht, dass es so böse enden könnte. Ich dachte, ich tue das Richtige, aber in Wirklichkeit, war ich nur in den Fängen des Fürsten der Dunkelheit und er hat mich für seine bösen Zwecke benutzt. Er hat mich dafür missbraucht, Anira für sich zu besitzen und viele andere Menschen auch! Ich bin auf seine Lügen hereingefallen!

Ich dachte, ich tue einen guten Dienst, aber auch mir hat er ständig nur Angst gemacht und auch mich besitzt er in Wahrheit. Was soll ich denn jetzt nur tun?«

Jetzt fing die Angst bitterlich zu weinen an. Sie konnte sich kaum noch beruhigen mit dem Wissen um ihre große Schuld, dass sie so viele Menschen ins Unglück gestürzt hatte.

Lange Zeit verbrachte sie nur damit zu weinen. Tränen um Tränen flossen ihr über das schmale Gesicht. Sie weinte aus tiefster Seele und umso mehr sie weinte umso mehr öffnete sich wieder ihr Herz für den Schöpfer und als es wieder ganz geöffnet war, da ertönte eine kraftvolle Stimme, tief in ihrem Herzen, und sprach:

»Ich vergebe dir Angst, denn dein Herz hat bereut und jetzt hast du endlich die Wahrheit erkannt.

Also, sollst du nun wieder frei sein um das zu tun, wofür du wirklich berufen bist. So gehe jetzt schnell zu Maira und warne sie, was zurzeit mit ihrer Schwester geschieht. Denn das ist deine Aufgabe, die Menschen nur vor wahren Gefahren zu warnen, damit sie dann das Richtige tun können. So laufe schnell und tue deinen Dienst nun für mich, Warnerin der Menschen.«

Und so war die Angst sehr glücklich, dass der Schöpfer aller Dinge ihr verziehen hatte und sie wieder ihrer wahren Berufung folgen konnte und so hieß sie von nun an nicht mehr länger Angst, sondern Warnerin der Menschen.

Und so machte sie sich auf, um Maira von der drohenden Gefahr, die die Schwester bald überkommen sollte, zu berichten.

SECHSTES KAPITEL

Einmal wieder war Maira bei ihrem Lieblingslehrer, Maestro Fontale, im Unterricht. Sie übten beide konzentriert für das bevorstehende, große Konzert, das Maira so manche Tür, für die Bühnen der Welt, eröffnen konnte.

Maestro Fontale sah in Maira tatsächlich das große Potential, diesen Schritt bald gehen zu können. Denn was Maira nicht wusste war, dass zu diesem berühmten Jahreskonzert der Schule, immer die größten Koryphäen der ganzen Welt eingeladen wurden, die auf der Suche nach neuen und großen Talenten waren. Maestro Fontale erzählte seinen Studenten meist nichts davon, einfach um ihre Nervosität besser in Grenzen zu halten.

So wusste aber er was alles daran lag. Aber er war ja mehr als nur zufrieden mit Mairas Leistungen und so lobte er diese überschwänglich:

»Toll Maira. Du hast wirklich sehr schön gesungen! In einer Woche ist es soweit. Das große Konzert findet statt. Bist du schon ein wenig aufgeregt?«

»Ja Herr Fontale, das bin ich tatsächlich, aber es hält sich in Grenzen.«

»Ach, das wird schon alles gut laufen! Du bist wirklich perfekt vorbereitet und wirst das Konzert sicherlich großartig meistern, da bin ich mir ganz gewiss! Übe einfach fleißig weiter und wir sehen uns zur nächsten Unterrichtsstunde wieder Maira!«

»Bis bald Herr Lehrer!«

Und als Maira allein im Zimmer stand und gerade noch dabei war, ihre Notenblätter zu sortieren und zusammenzupacken, da konnte sie wahrnehmen, dass jemand um sie herum war. Hatte sie doch, seitdem sie die Fee des Universums kannte, einiges dazu gelernt. So fragte sie:

»Wer bist du? Tritt zu mir hinzu und mache dich bitte sichtbar für mich.«

So trat die Warnerin schüchtern vor und sprach:

»Hallo Maira, ich bin vom Schöpfer zu dir gesandt worden um dich zu warnen. Anira, deine Schwester, ist schwer erkrankt und der Fürst der Dunkelheit hat sie in seinen Fängen.

Du musst kommen und ihr helfen Maira! Du musst ins Tal der Finsternis und in den Wald der Mitternacht gehen, denn dort hält der Fürst der Dunkelheit sie gefangen und wartet auf ihren Tod! Denn stirbt Anira, dann bleibt das Ungleichgewicht auf Erden für immer bestehen und der Fürst kann weiterhin die Fürstin des Lichts besitzen! Aber auch ihr Licht wird dann bald ganz erlöschen und dann wären die Menschen für immer verloren!«

Maira konnte tief im Herzen fühlen, dass die Warnerin die Wahrheit gesprochen hatte und voller Sorge antwortete sie:

»Ich packe nur schnell ein paar Sachen für mich ein und mache mich sofort auf den Weg um sie zu finden.«

Und so hatte die Warnerin wieder gut gemacht, was sie zu Beginn zerstört hatte. Denn mit ihrem unbegründeten Ruf hatte sie ja dazu beigetragen, dass Anira von ihrem wahren Weg abgekommen war und dann schwer krank wurde.

Doch auch Anira hätte eine andere Wahl gehabt, hätte sie ihr Herz nicht für den Schöpfer verschlossen, dann wäre sie auch nie dem falschen Ruf der Angst gefolgt, sondern wäre ihren wahren Weg gegangen und wäre jetzt noch gesund und glücklich und voller Freude.

Doch was jetzt zählte war, dass Maira auf die Warnerin, die der Schöpfer zu ihr gesandt hatte, gehört hatte. Und so konnte der Schöpfer Mairas Herz, wieder einmal erreichen und sie leiten sich aufzumachen, um das Leben ihrer Schwester zu retten. Und die Warnerin der Menschen war sehr zufrieden. Denn sie war endlich wieder ihrer wahren Berufung gefolgt und so gehörte sie nun nicht mehr dem Fürsten der Dunkelheit. Er hatte keine Macht mehr über sie und sie würde dafür sorgen, dass er auch nie wieder Macht über sie bekam.

SIEBTES KAPITEL

Im Wald der Mitternacht, im Reich des Fürsten, hatte sich in der Zwischenzeit auch so einiges ereignet. Der Fürst hielt nicht nur Anira todkrank in seinen Fängen, nein, auch die Fürstin des Lichts, die er angeblich liebte, war nun dem Tode geweiht und ihr letztes Licht, war gerade dabei zu erlöschen.

War sie doch erschaffen um jedem das Licht in seinem Herzen zu weisen, war sie jetzt völlig schutzlos in den Händen der Dunkelheit gefangen. Es gab nun kein Entrinnen mehr.

In diesem Zustand, so kraftlos und ohne Licht, konnte sie nichts mehr gegen den Fürsten anrichten. Dieser hingegen, genoss sichtlich die Macht, die er jetzt gänzlich über sie besaß. Jetzt gehörte sie wirklich nur noch ihm.

Nun saß die Fürstin ganz kraftlos am Boden, im Wald der Mitternacht, und hatte den Kopf auf einen Stein gelegt. Ihr Glanz, ihr Schein, war einem matten Grau gewichen.

Als der Fürst nun näher an sie herantrat und das sehen konnte, stieg seine Selbstzufriedenheit. Wie gut doch alles lief. Gingen seine Pläne doch, nach und nach, immer mehr auf. Alles lief sogar noch viel besser, als er je vermutet hatte. So trat er noch näher an die Fürstin und sprach:

»Wie geht es dir heute, meine Geliebte, hast du denn gut geschlafen? Ich sehe, du scheinst noch ein wenig müde zu sein.«

Die Fürstin nahm all ihre Kraft zusammen und antwortete ihm erschöpft:

»Nein, ich hatte furchtbare Alpträume und ich fühle mich schwach und schlecht. Bitte lasse mich zurück zu den Menschen gehen, damit ich wieder meine Aufgabe für sie tun kann.«

Sichtlich amüsiert erwiderte der Fürst ihr:

»Welche Aufgabe denn, meine Liebste? Hier bei mir, geht es dir doch gut.

Du bist geschützt, in meinem Wald, nichts kann dir passieren.«

Jetzt schaute die Fürstin traurig aus ihren großen, türkis-grünen Augen, die das Meer in sich zu spiegeln schienen.

Ihr Gesicht war zart und fein, wie das einer wunderschönen Porzellan-Puppe. Ihre Konturen waren weichgezeichnet und ihre Haut makellos schön. Ihre eigentlich vollen und dunkelroten Lippen, waren jetzt einem zarten Rosa gewichen. Hilflos sagte sie:

»Ich brauche deinen Schutz nicht. Ich will wieder das tun, wofür der Schöpfer mich eigentlich berufen hat! Ich möchte die Menschen wieder an ihr Licht erinnern!«

Jetzt lachte der Fürst der Dunkelheit, einmal wieder, laut auf. Sein pechschwarzes, schulterlanges Haar fiel ihm dabei in sein, einst sicher schönes, Gesicht. Jetzt allerdings war es nur noch gezeichnet von tiefen Falten und Furchen, die ihn hässlich machten. Seine Augen formten sich nur noch zu zwei tiefen Schlitzen die, ebenso pechschwarz wie sein Haar, einen stetig, mit bösartigem Blick, tief durchbohrten.

»Der Schöpfer? Was tut denn der Schöpfer schon für uns? Gegen unsere Liebe war er doch auch und du siehst doch jetzt, wie schön wir es beide hier haben. Nein, du bleibst bei mir, in meinem Reich, und ich sorge weiterhin gut für dich.«

Nun hob er die Fürstin unsanft vom Boden auf und nahm sie grob in den Arm. Angewidert und ganz kraftlos, ließ diese es über sich ergehen. Was hätte sie auch für eine andere Wahl gehabt, so krank wie sie war, außer es einfach zu ertragen? Wieder einmal musste sie seinen strengen Geruch in sich aufnehmen, der sie mittlerweile so sehr ekelte. Er roch nach bitterer Kälte, nach tiefster Gehässigkeit und nach beißendem Schweiß. Und hatte sie ihn einst vielleicht geliebt, so hatte er, umso mehr Macht er über sie gewann, seine letzten guten Eigenschaften, gänzlich, verloren.

ACHTES KAPITEL

Auch Anira lag, nun auf dem Boden, im kalten Wald der Mitternacht. So kurz vor Ihrem Tod, war sie nun ganz nah beim Fürsten, denn nun gehörte sie nur noch ihm. Sie war auf ihn hereingefallen. Auf seine Lügen und Manipulationen und seine dunkle Macht.

So war auch ihr kleiner und zierlicher Körper nun ganz aufgefressen von seiner dunklen Kraft, hatte sie doch nicht Nein zu ihm gesagt.

Sie wälzte sich unruhig, auf dem Boden, hin und her und stöhnte dabei leise auf. Ihr Gesicht war mit Schweiß bedeckt und jede Farbe war daraus gewichen. Der Fürst näherte sich ihr gerade wieder und rieb sich seine Hände, als er sprach:

»Ha, so hab ich dich mein liebes Kind! Du gehörst jetzt mir, ganz allein mir, und bist dem Tode geweiht! Nichts und niemand kann dich hier je hören oder, geschweige denn, dir helfen.«

Den Kopf hin und her wälzend murmelte Anira:

»Nein, lass mich bitte gehen. Lass mich fort von dir. Ich wollte nie auf die Schule der Finanzen. Mutter, bitte, so tu doch etwas.«

Der Fürst musste wieder einmal schmunzeln. Wie naiv doch diese kleinen Geschöpfe alle waren, wie konnte sie ihn jetzt um so etwas bitten!

»Ha, deine Mutter kann dir jetzt auch nicht mehr helfen. Außerdem gehörte sie von Anfang an nur mir und meiner dunklen Macht. Sie war ein leichtes Spiel für mich. Und bald wird es geschafft sein, liebe Anira, denn stirbst du endlich, dann wird das Ungleichgewicht auf Erden für immer bestehen bleiben! Ich allein werde dann für immer der mächtige Sieger und der Fürst aller Fürsten auf dieser Welt sein! Nichts und niemand wird dann je wieder über mir stehen!«

So verließ der Fürst Anira voller Gewissheit, dass sie bald diese Welt verlassen würde und er für immer gewonnen hätte.

Was interessierte ihn schon das Leid eines solch dummen Geschöpfes, das selbst Schuld daran war, auf seine Lügen und Manipulationen, hereingefallen zu sein. Im Gegenteil, er nährte seine dunkle Macht durch das quälende Leid eines jeden Wesens, das ihm gehörte. Umso mehr Geschöpfe er vom Weg abbrachte und dann besaß, umso größer wurde seine bösartige Kraft.

Schon kurze Zeit später näherte sich Maira, ebenfalls, dem Wald der Mitternacht. Sie hatte sich einen dicken Mantel übergeworfen und trotzdem lief ihr dauernd ein kalter Schauer über den Rücken, von dem Moment an, als sie den Wald betrat.

Die Bäume waren so hoch und so dicht gewachsen, dass kein Licht auch nur irgendwo eintreten konnte. Die Schatten der Baumstämme glichen monströsen Figuren die überall dort auftauchten, wo auch immer Maira ihr Licht, das sie in weiser Voraussicht mitgenommen hatte, hin scheinen ließ.

Es roch morsch und faulig und von allen Seiten her, erklangen seltsame Geräusche, die sie nicht einordnen konnte und ihr eine Gänsehaut bescherten.

Aber sie musste Anira finden, egal was hier in diesem schrecklichen Wald noch alles auf sie lauerte. Und so trat sie tapfer, weiterhin ihren Weg an und ignorierte jedes Zischen und Keuchen im Wald, das aus irgendeiner dunklen Ecke zu ihr drang, bis sie schließlich endlich auf Anira traf.

Sie lag immer noch am Boden, wo der Fürst der Dunkelheit sie einfach hatte liegen lassen und Maira kniete sofort zu ihr nieder.

»Anira, nein Anira, was ist nur mit dir?«

Doch Anira wälzte sich weiterhin nur von links nach rechts und reagierte nicht auf Maira. Da nahm sie Anira fest in den Arm, küsste sie zärtlich auf die Wange und streichelte sanft ihre Stirn. Und irgendwann beruhigte sich endlich die kranke Schwester und öffnete leicht die Augen und als sie Maira erkannte, huschte ein zartes Lächeln über ihre Lippen und sie sprach ganz leise:

»Maira, du bist hier? Es ist so schön dich wiederzusehen, geliebte Schwester.«

»Anira, so sprich, was ist nur mit dir geschehen? Wie kann ich dir helfen?«

Anira atmete schwer und tief ein und mit aller Mühe sprach sie dann:

»Ich glaube, es ist zu spät für mich Maira. Alle Lebenskraft ist von mir gewichen. Ich spüre keinerlei Stärke mehr in mir, um gegen den Fürsten der Dunkelheit noch anzukämpfen.«

»Nein Anira, sag so etwas nicht, du musst es versuchen.«

Mit der einen Hand streichelte sie nun weiter Aniras Gesicht aber mit der anderen Hand wühlte sie aufgeregt das Gedichts-Band aus ihrer Tasche, die sie bei sich trug.

»Sieh, dein Buch der Dichtkunst. Vielleicht ist es noch nicht zu spät. Du kannst, ganz langsam, wieder gesund werden und dann endlich wieder das tun, wozu du berufen bist.«

»Ich sehe ein Licht, ein wunderschönes Licht. Ich glaube mein Schöpfer holt mich, um mich endlich von dieser grausamen Dunkelheit zu erlösen. Ich muss nur noch die Treppe zu ihm hinaufsteigen.«

»Nein, gehe nicht Anira, du musst weiterkämpfen.«

Nun kullerten Maira die Tränen über ihre Wangen. Bis jetzt hatte sie versucht, wie meist, ihrer Schwester Mut zuzusprechen. Aber nun konnte auch sie erkennen, dass es für Anira keinen anderen Weg mehr gab, als zurück zum Schöpfer zu gehen.

Als könnte sie die Gedanken ihrer Schwester erahnen, sagte Anira mit geschwächter Stimme:

»Glaube mir Maira, es ist zu spät, ich kann es fühlen.

Es ist Zeit für mich nach Hause zu gehen. Dahin, wo der Fürst der Dunkelheit über keine Seele mehr wüten kann.«

Jetzt weinte Maira aus tiefstem Herzen.

»Aber das Gleichgewicht der Erde Anira! Was wird nur mit uns allen geschehen, wenn wir aufhören unsere Träume zu leben und der Fürst der Dunkelheit noch mehr an Macht gewinnt?«

Aber für Anira war es nun soweit zum Schöpfer zurückzukehren, in sein immerwährendes Licht, und so öffnete sie noch einmal ihre Augen und sprach ihre letzten Worte ganz klar und deutlich:

»Liebste Schwester, ich habe so viel falsch gemacht. Bitte vergib mir, denn ich liebe dich. Ich liebe dich für immer und ewig.«

Und so ließ Anira den Kopf fallen und verließ Mairas Welt. Jetzt schluchzte Maira so sehr, dass ihr ganzer Körper dabei erzitterte.

Sie legte ihre Schwester liebevoll auf den Boden und konnte ihren zierlichen Körper einfach nicht beruhigen. Wie sehr hatte sie ihre Schwester doch liebgehabt.

Und so war es, dass Anira vom Schöpfer erlöst wurde. Es war zu spät für sie geworden und ihr Licht auf Erden war erloschen.

Der Fürst der Dunkelheit hingegen, war sich seines Sieges nun ganz, ganz sicher. Anira hatte er bereits bezwungen, jetzt musste er nur noch Maira für sich gewinnen. Mit der toten Schwester in den Armen, sollte dies ein einfaches Spiel sein, sie ebenfalls vom Weg abzubringen, noch weiterhin an sich, und ihre Träume, zu glauben. Denn kein Moment eignete sich besser dafür, das Herz eines Menschen für den Schöpfer zu verschließen, als wenn dieser tiefstes Leid empfand.

Er witterte seine große Chance. Es war jetzt gewiss ganz leicht, Maira in Versuchung zu führen. Ohne, dass Maira es wusste, sollte dies nun die größte aller Prüfungen für sie werden.

Jetzt, da sie dachte, dass die Erde schon verloren sei, würde sie trotzdem noch auf dem rechten Weg bleiben?

Und während Maira wieder zu sich fand und ihr Körper sich langsam beruhigte, näherte sich der Fürst der Dunkelheit ihr ganz langsam. Wie ihm dieser Anblick des Leids doch gefiel. Gab es doch nichts Schöneres für ihn, als jede wahre Liebe, jedes schöne Gefühl, das zwischen den Menschen herrschte, zu zerstören und somit nur für Leid und Dunkelheit in jeder Seele zu sorgen. So sprach er irgendwann Maira an, nachdem er lange genug von ihrem Leid gekostet hatte:

»Hallo Maira, es ist schön dich zu sehen. Wirklich grausam, was deiner Schwester widerfahren ist. Ich fand sie hier, vor zwei Tagen am Boden, und versuchte ihr zu helfen, aber es war einfach schon zu spät für sie.«

Erschrocken blickte Maira zu ihm auf. Doch sie konnte gleich fühlen wer ihr da gegenüberstand.

Ihr Herz holperte heftig, konnte sie doch seine dunkle Macht erspüren, die ihn ringsum umgab. Doch sie verlor nicht die Fassung. Nicht vor ihm.

»Du bist der Fürst der Dunkelheit, was tust du also so, als hättest du mit dieser Sache nichts zu tun. Und warum behauptest du, du hättest meiner Schwester geholfen?«

»Ich, wieso sollte ich denn etwas damit zu tun haben, dass deine Schwester jetzt tot am Boden liegt? Weißt du denn nicht, dass der Schöpfer für solche Dinge zuständig ist. Diese Macht jemanden von der Erde gehen zu lassen, steht mir nicht zu. Nur er gibt und nimmt also das Leben! Er ließ sie somit sterben!«

Zweifelnd wiederholte Maira:

»Der Schöpfer?«

Jetzt lächelte der Fürst wieder einmal zufrieden, wie leicht es doch immer war, jemanden in die Irre zu führen.

So sprach er weiter:

»Ja, der Schöpfer ist für den Tod zuständig. Er holt sich die Seelen wann immer er diese haben will.«

Jetzt schüttelte Maira nachdenklich den Kopf:

»Aber der Schöpfer will doch nur das Beste für ein jeden von uns.«

»Ha, kannst du das denn jetzt noch glauben Maira? Deine Schwester liegt hier tot am Boden. Ganz qualvoll waren ihre letzten Stunden und du glaubst noch an deinen Schöpfer?«

Jetzt stand Maira auf und musste nicht mehr darüber nachdenken, nein sie konnte es in ihrem Herzen fühlen und so erwiderte sie bestimmt:

»Ja, das tue ich.«

Der Fürst zog seine Augenbrauen nach oben, doch seine Augen weiteten sich nicht ein Stück, sie blieben wie tiefe, schwarze Schlitze, die direkt in den Abgrund blicken ließen.

»Wirklich? Ich könnte so jemandem nicht vertrauen. Jemandem der mir meine eigene Schwester, auf solch grausame Weise, entrissen hat!«

Doch Maira erwiderte voller Gewissheit, hatte doch die Fee ihr all die Wahrheiten über den Schöpfer erzählt, laut und deutlich:

»Die Fee des Universums erzählte mir von dem freien Willen eines jeden Wesens, das der Schöpfer aus Liebe zu uns, uns allen zugestanden hat. Sicherlich hatte Anira die freie Wahl, den richtigen Weg zu gehen. Aber sie tat es einfach nicht.

Sie hätte auch auf mich hören und sich richtig entscheiden können und ebenso wie ich, ihr Herz für den Schöpfer öffnen sollen. Aber sie hat immer nur auf Mutter gehört und ihr auch immer all ihre Lügen geglaubt.

Es ist also nicht des Schöpfers Schuld gewesen, dass sie ihr Herz für ihn verschlossen hat und dadurch dir gehörte. Es ist also nicht des Schöpfers Schuld, dass Mutter Anira stark beeinflusste und sie deshalb, aus Angst und

Zweifel heraus, den falschen Weg ging! Also ließ nicht der Schöpfer sie sterben, sondern du, du hast ihr das letzte Lebenslicht genommen! Du warst es und bist ein Lügner! Also lasse mich jetzt in Ruhe!«

Das erste Mal hatte der Fürst versagt. Er hatte Maira versucht ihr Herz für den Schöpfer zu verschließen und somit, wie er selbst, Dunkelheit in sich zu spüren. Doch Maira tat es nicht und blieb stark. Also folgte der zweite Versuch, vom Fürsten, sie vom Weg des Schöpfers abzubringen:

»Wie dem auch sei Maira, jetzt wo deine Schwester tot ist, ergibt doch eh alles keinen Sinn mehr für dich. Das Gleichgewicht auf Erden, kann nie wieder hergestellt werden und somit habe ich jetzt für immer die Macht!

Du gehörst nun also auch mir, denn du befindest dich jetzt in meiner Welt, die nur noch ganz allein mir gehört. Es lohnt sich also gar nicht mehr für dich, auf die Hochschule der Musik zu gehen und weiter zu singen. Es ist zu spät für dich und auch für jeden anderen Menschen hier auf Erden. Niemand mehr von euch kann jetzt noch seine Träume leben und somit Liebe, Freude und Glück empfinden. Ab sofort ist alles nur noch von meiner Dunkelheit und tiefstem Leid überschattet und jeder Mensch, wirklich jeder Mensch, ist nur noch mein Sklave und muss das tun, was ich ihm sage!«

Voller Hochmut lief der Fürst auf Maira zu und schaute ihr direkt in die Augen. Mit seiner dunklen Macht war er sich ganz gewiss sie gleich, ebenso wie Anira, zu besitzen. So fuhr er fort:

»Aber Maira, dich mag ich irgendwie besonders, so will ich dir meine Großzügigkeit zeigen und dir von meinem Reichtum geben, denn die Welt gehört jetzt nur noch ganz allein mir!

Also bleibe hier bei mir und ich gebe dir eine der höchsten Stellungen unter meinen Bediensteten und dir soll mit, mein ganzer Besitz gehören.«

Angewidert schüttelte Maira jetzt trotzig ihren Kopf:

»Nein danke, ich will nichts von deinem angeblichen Reichtum! Und lieber sterbe ich, als dir zu gehören und dir zu dienen!«

Langsam wurde die Angelegenheit, für den Fürsten der Dunkelheit, doch komplizierter, als er je vermutet hatte. Maira war wirklich sehr stur und dass jemand lieber sterben wollte, als ihm zu dienen, das war dem Fürsten wirklich noch nie passiert! Hatten doch alle so große Angst vor dem Tod, dass sie sich gleich ihm zuwandten und somit ihm gehörten.

So versuchte er einen dritten Anlauf. Er musste Maira, einfach zur Sicherheit, davon abbringen weiterhin an ihren Traum zu glauben, singen zu dürfen.

Und so wusste er, dass dies, was er jetzt gleich sagen würde, sich schmerzhaft in ihre Brust bohren würde. Also redete er beschwörend weiter:

»Maira, ich habe dich an der Hochschule der Musik beim Singen beobachtet. Als ich dort war und deinem Gesang so lauschte, sah ich zufällig Menschen am Gebäude vorbeilaufen die dich auch hörten. Sie lachten laut auf und meinten, das würde sich wirklich scheußlich anhören!«

Und plötzlich fühlte Maira tatsächlich einen tiefen, stechenden Schmerz in ihrer Brust. Als hätte man ihr einen Dolch mitten ins Herz gerammt. Denn genau diese Worte, hatte immer ihre Mutter benutzt, wenn Maira, schon als ganz kleines Mädchen, vor sich hinsang. Ständig hatte sie sich dann über Mairas angeblich scheußlichen Gesang beschwert.

Nie konnte sie diese Worte vergessen, liebte sie das Singen doch ebenso wie das Komponieren und wünschte sie sich doch, als kleines Kind, so sehr, die Anerkennung und Liebe ihrer Mutter.

Damals verstand sie ja noch nicht das, was sie dann, als erwachsene Frau, immer mehr und mehr begriff. Und die Fee tat dann ihr Letztes dazu, dass Maira endlich alles verstand.

Die Worte der Mutter klangen immer boshaft in ihren Ohren und lähmten sie dann bei ihrer Freude am Singen, als sie ein kleines Mädchen war.

Aber nein, sie fühlte jetzt nochmals tief in ihr Herz und sie konnte es spüren, dass das, was der Fürst sprach, nicht stimmte und dass der Schöpfer sie, ganz sicher, zum Singen berufen hatte und sie sagte:

»Du, Fürst der Dunkelheit, höre endlich auf mich von meinem Weg abbringen zu wollen! Dir gehört meine Mutter und auch Anira gehörte dir lange Zeit, bis sie wieder zum Schöpfer zurückging, aber ich, ich werde dir niemals gehören!«

»Nichts und niemand bringt mich vom Weg des Schöpfers ab, egal wie gemein oder auch gehässig er über mich, oder den Schöpfer, spricht!«

Selbstsicher richtete Maira sich auf und erhob ihren Kopf voller Mut, denn sie konnte diese Kraft, tief in ihrem Herzen, spüren. Nichts würde sie von diesem Gefühl trennen, auch nicht der Fürst der Dunkelheit!

Und so verlor der Fürst den Kampf gegen Maira. Zu stark konnte sie die Stimme ihres Schöpfers in ihrem Herzen hören und wahrnehmen und somit hatte der Fürst einfach keine Macht mehr über sie. Denn er hatte wie immer gelogen.

Nicht er hatte die Allmacht auf Erden, sondern stets der Schöpfer. Nur ließ der Schöpfer den Menschen eben die freie Wahl, selbst zu entscheiden, welchen Weg sie gehen wollten.

Doch hatte jemand den Schöpfer in sich selbst entdeckt und vertraute seiner Liebe, Führung und Stimme, so konnte der Fürst der Dunkelheit ihm nichts mehr antun und musste den Weg freigeben.

Und so beugte sich der Fürst der Dunkelheit Maira. Denn aus ihr sprach nun mal die Stimme des Schöpfers! So verschwand er still und leise, so wie er auch gekommen war, und ließ Maira wieder allein. Er war sich seines Sieges, trotz allem, gewiss.

Hatte er zwar Maira nicht vom Weg abgebracht, so war Anira doch tot und er hatte somit gewonnen.

Und so verabschiedete sich Maira, schweren Herzens, von Anira. Doch mit der Gewissheit, dass sie im allgegenwärtigen Licht des Schöpfers in Sicherheit war. Maira konnte in ihrem Herzen spüren, dass es Anira jetzt wieder gut ging.

Und so trat sie ihren Weg zurück an die Hochschule der Musik an. Sie wollte kämpfen, so lange sie noch kämpfen konnte!

Nichts konnte ihren Willen brechen. Nichts. Und ohne es zu wissen, hatte sie mit dieser Entscheidung das Gleichgewicht auf Erden wieder hergestellt und dem

Fürsten der Dunkelheit seine bösartige Macht, aus Lügen gebaut, entrissen!

NEUNTES KAPITEL

Eine Woche später fand, an der Hochschule der Musik, das große Konzert statt und Maira sang ihr schönes Lied, I AM AN ANGEL SEND TO THE WORLD.

Maestro Fontale hatte für Maira dieses Lied ausgesucht, da ihn die Stimme Mairas, mit dem unverwechselbaren hohen und glockenklaren Klang, an die eines Engels erinnerte.

Maira hingegen hatte es sehr viel Kraft gekostet, trotz Trennungsschmerz zu ihrer geliebten Schwester, alles zu leisten, das sie leisten konnte. Aber sie hatte sich ja geschworen, dass sie kämpfen wollte, so lange sie noch kämpfen konnte. Und weil sie genau das tat, erstrahlte während sie beim Konzert sang, ein helles Licht am Horizont. Denn weil Maira, trotz allen Widrigkeiten und allen versuchen des Fürsten der Dunkelheit, weiterhin ihren Weg ging, für den sie vom Schöpfer berufen war, und somit für die Welt sang, erhielt die Fürstin des Lichts ihre Macht langsam wieder zurück.

Als die Menschen beim Konzert Mairas Stimme hörten, da öffneten sich ihre Herzen, ohne es zu wissen, wieder für ihren Schöpfer.

Und als sich die Herzen der Menschen für den Schöpfer, Stück für Stück, öffneten, da erlang die Fürstin ihr Licht zurück.

Mit jedem Herzen, das sich für den Schöpfer öffnete, ein wenig mehr. Und so erstrahlte sie irgendwann in voller Pracht und war schöner denn je zuvor.

Aber wie war das möglich?

Maira sang so voller Liebe und aus tiefstem Herzen für ihren Schöpfer, an den sie trotz allem immer noch glaubte und bei jedem Ton schwang so viel Gefühl und auch Trauer mit, hatte doch ihre geliebte Schwester gegen den Fürsten der Dunkelheit verloren und ihren Traum nicht gelebt, dass die Menschen begannen, wieder ihr eigenes Herz zu fühlen.

Es lag zwar viel Trauer in ihrer Stimme, aber auch so eine Schönheit, denn sie sang wirklich aus tiefster Seele und aus vollem Herzen, dass die Menschen im Publikum alle ergriffen waren.

Keiner wusste so richtig wie ihm geschah, aber die Herzen waren wieder erfüllt von der Liebe und dem Glauben an ihren Schöpfer. Durch Mairas Gesang, konnten sie diese verbindende Kraft zu ihm wieder wahrnehmen.

Und als die Fürstin des Lichts wieder ganz in ihrer Allmacht stand, in ihrer ganzen Herrlichkeit und Pracht, und sie schöner strahlte denn je zuvor, da war sie endlich befreit von den Ketten der Dunkelheit.

Jedes Herz, wieder erfüllt von der Liebe und den Glauben an den Schöpfer und somit an sich selbst, hatte die Fürstin gerettet!

ZEHNTES KAPITEL

So stand die Fürstin des Lichts nun inmitten des Waldes der Mitternacht in voller Würde und in voller Pracht. Ihr Herz strahlte von innen heraus mit so großer Kraft, dass sie selbst, voll Glück, davon erfüllt war.

Als der Fürst sich ihr wieder näherte, erschrak er. Was war nur passiert, dass sie wieder hell erstrahlte mit all ihrer Macht?

Anira war doch tot und hatte ihre Aufgabe nicht erfüllt, für die sie vom Schöpfer berufen war. Doch er war der Fürst der Dunkelheit. Der Herrscher über die Lüge und Manipulation! Sicherlich würde er alles wieder hinbekommen. So ließ er sich, wie immer, nichts anmerken, ging auf sie zu und sprach:

»Geliebte, wie geht es dir? Wie ich sehe, schon ein wenig besser. Wollen wir gemeinsam spazieren gehen, damit du dich noch mehr erholen kannst?«

Wie dreist er doch war, dachte die Fürstin des Lichts so bei sich. Immer noch versuchte er sie zu manipulieren und zu täuschen.

»Nein, das ist nicht nötig!«

»Möchtest du denn sonst etwas Liebes?«

»Nein, ich möchte Nichts.«

Jetzt war es der Fürstin wahrlich genug. War er denn blind? Konnte er denn nicht ihr Licht sehen? Doch er konnte es wohl, doch er täuschte wie immer nur alles, was er von sich gab, vor. Er war eine einzige Lüge und so sprach sie kraftvoll:

»So sieh doch, mein Licht, es scheint mehr als je zuvor, in all seiner Kraft! Und jetzt ist es endlich Zeit dich zu verlassen.«

»Aber unsere Liebe! Sie ist doch so mächtig! Sie bleibt für immer bestehen und wir gehören zusammen, du und ich!«

»Kannst du es denn immer noch nicht wahrnehmen? Mein Licht ist zurückgekehrt. Ich stehe in voller Allmacht vor Dir! Du kannst mich zu nichts mehr zwingen! Maira hat gewonnen! Sie hat die Herzen der Menschen, durch ihren Gesang, für den Schöpfer wieder geöffnet. Du hast verloren!«

Langsam wurde dem Fürsten der Dunkelheit doch alles zu viel. Unruhe überkam ihn.

»Nein, ich habe nicht verloren! Anira ist tot! Das kann also alles nicht sein, was du da sagst! Und unsere Liebe bleibt für immer bestehen!«

»Doch genauso ist es! Mairas Glaube an den Schöpfer war so groß, dass sie das Gleichgewicht, ganz alleine, wieder hergestellt hat! Es war ihre härteste Prüfung, trotz des Todes ihrer Schwester, weiter an sich zu glauben und für Gerechtigkeit zu kämpfen! Und sie hat es geschafft!

Ist dem Schöpfer, trotz all deiner Lügen, treu geblieben! Und deine Liebe war gar keine Liebe!

Du verwechselst Besitz und Machtansprüche mit Liebe! Das war schwer für mich zu begreifen. Aber jetzt habe ich es verstanden!«

Jetzt lief die Fürstin des Lichts direkt auf den Fürsten zu. Ihre türkis-blauen, großen Augen blitzten auf, als würde sich die Sonne im Meereswasser spiegeln. Sie leuchteten so voller Kraft und Schönheit, dass der Fürst nun selbst ein wenig Angst bekam. So viel Macht lag darin. Hatte sie womöglich doch recht und alles war jetzt verloren? Die Fürstin schaute nun unbeirrt, mit tiefem Blick, in seine dunklen, schwarzen Augen.

Sie konnte seine Angst nun selbst darin erkennen und so sprach sie dann, voller Überzeugung, weiter:

»Du hast mich nur belogen und verführt. Immer wieder hast du mich durch bösartige Lügen an dich und deine dunkle Macht gebunden und mir deinen bösartigen Willen aufgezwungen, ohne dass ich es groß bemerken konnte. Aber wahre Liebe tut so etwas nicht! Wahre Liebe lässt dich frei und hilft dir dein Licht erstrahlen zu lassen!

Du, du warst nur neidisch auf mein Licht und meine Aufgabe, die der Schöpfer mir zugeteilt hat, und hast es mir geraubt!«

Man konnte der Fürstin jetzt sichtlich ihre Wut ansehen, die tief aus ihrem Herzen kam. So voller Wut war sie, über seinen Betrug und seine Manipulation. Jetzt konnte sie sich vor ihm schützen. Ihm mit dieser Kraft, das wohl verdiente NEIN senden! So war sie stark und nichts und niemand, konnte sie von der Liebe ihres Schöpfers je wieder trennen! Ihr Herz war erfüllt von dieser Kraft und sie war sich gewiss, diese Verbindung nie wieder zu verlieren. So setzte sie voller Entschiedenheit fort:

»Ich bin froh, nun endlich alles verstanden zu haben und von dir frei zu sein! Und du weißt genau, dass du mich jetzt nicht mehr aufhalten kannst! Denn der Schöpfer spricht durch mich hindurch! Also mache jetzt endlich den Weg für mich frei, denn nie wieder werde ich dir irgendetwas glauben und mich vom Schöpfer abwenden!

Denn alles was du tust oder gar sagst ist falsch und eine geheuchelte Lüge! Niemals wirst du besser oder stärker sein als die Allmacht, die alles erschaffen hat und niemals wirst du diese Welt, oder gar das Universum, regieren! Drum tritt nun zur Seite! Du hast genug meiner kostbaren Zeit verschwendet!«

Machtlosigkeit stand nun in den Augen des Fürsten. Tiefes Entsetzen darüber, dass man seine größte Lüge jetzt durchschaut hatte, nämlich, dass er niemals je über dem Schöpfer aller Dinge stehen würde, auch nicht auf Erden!

Und so trat der Fürst langsam zur Seite. Mit gesenktem Kopf machte er den Weg frei für die Fürstin des Lichts und ihren Willen, denn der Schöpfer sprach durch sie hindurch und so musste er tatsächlich gehorchen. Und erst als die Fürstin des Lichts sich aus dem Wald der Mitternacht gänzlich entfernt hatte, fiel der Fürst auf seine Knie, riss sich den Umhang vom Leib und schrie mit all seiner Kraft, dass man es bis ans Ende der Welt erschallen hörte:

»NNNNNNNNNN-
EEEEEEEEEEEEEEEEEEEEEEEE-
IIIIIIIIIIIIIIIIIIIIIIII-
NNNNNNNNNN!«

Denn jetzt wusste er, er hatte alles verloren und es gab nie wieder ein Zurück für ihn.

Und so war es, dass der Fürst der Dunkelheit all seine Macht verlor, die nur auf einer großen Lüge aufgebaut war. Und so würde ihm letztendlich, eines Tages, nichts anderes übrigbleiben, als selbst wieder auf die Suche nach seinem eigenen Licht zu gehen. Und er wusste was er dann zu tun hatte, er müsste den Schöpfer aller Dinge um Verzeihung bitten und darauf hoffen, dass dieser ihm auch vergab.

Aber dazu müsste der Fürst der Dunkelheit erst einmal seinen Fehler einsehen und alles Leid, das er so vielen Menschen und Wesen angetan hatte bereuen und der Fürst war nun einmal nicht dazu bereit und wenn er doch je dazu bereit wäre, würde es eine lange, lange Erdenzeit brauchen um all das Leid, das er angerichtet hatte, wieder gut zu machen. Aber das ist eine ganz andere Geschichte, die wir heute nicht erzählen wollen und die uns auch nicht zu interessieren hat, denn das ist alleine eine Sache zwischen dem Schöpfer und dem Fürsten der Dunkelheit.

Das ganze Universum hingegen, wirklich ein jedes Geschöpf, freute sich und feierte die Rückkehr der Fürstin des Lichts auf ihren rechtmäßigen Platz im Universum.

Und so sangen alle ihr wunderschönes Lied, das wieder für Gerechtigkeit für jedes Wesen sorgen sollte, DENN ICH BIN DAS LICHT, und wirklich jeder war nur noch glücklich!

SO SPRICHT HIER ALSO NOCH EINMAL
DEINE INNERE STIMME ZU DIR,
DIE WAHRHEIT UND WEISHEIT,
DIE AUS DIR SELBST SPRICHT. ICH HOFFE,
ICH KONNTE DIR HELFEN ALLES EIN BISSCHEN
BESSER ZU VERSTEHEN,
WAS UM DICH HERUM SO GESCHIEHT.
SO FOLGE MIR STETS UND
HÖRE AUF DEIN HERZ,
DENN NUR SO KANNST AUCH DU
DEINER WAHREN BESTIMMUNG
UND BERUFUNG FOLGEN
UND HIER AUF ERDEN
EIN GLÜCKLICHES UND ERFÜLLTES LEBEN
FÜHREN.

DENN DEIN SCHÖPFER SPRICHT DURCH MICH
ZU DIR UND NUR SO,
KANN ER DICH,
AUF DEINEM WEG AUF ERDEN,
SICHER LENKEN UND GELEITEN!

DENN NIEMAND DARF DIR IN WAHRHEIT
DEIN LICHT NEHMEN,
WENN DU ES
NICHT SELBST ERLAUBST!

UND NIEMAND DARF DIR VERBIETEN,
DASS DU DEINE TRÄUME LEBST UND
SOMIT EIN GLÜCKLICHES UND
ERFÜLLTES LEBEN FÜHRST!

DENN DU BIST GEBOREN UM ZU LEBEN UND
DU BIST GEBOREN UM ZU SEIN
UND UM WIE EIN STERN ZU LEUCHTEN,
VOLLER MACHT UND DOCH GANZ REIN!

ALSO, DANN LASS DEIN LICHT NUN
FÜR IMMER HELL ERSTRAHLEN!

ENDE

NACHWORT

Ich, WHITEMASKREBEL, ließ Dich in dieser Geschichte teilnehmen an meiner ganz persönlichen Biographie, die ich in ein Märchen packte. Denn es ist die Geschichte von mir und meiner geliebten Schwester, die tatsächlich dann im Jahre 2018, 4 Jahre nach unserem Auseinandergehen aufgrund unserer Mutter, verstarb.

Ihren Tod, hatte ich bereits einige Jahre zuvor in die Geschichte geschrieben, nämlich als ich kurz nach unserer Trennung begann, das Theater-Musical,

»ICH HÖR' DIESE STIMME IN MIR«

zu schreiben. Ich schrieb es, um meinen Trennungsschmerz und meine Gefühle besser auszudrücken und verarbeiten zu können. Denn, dass sich unsere Wege trennten, traf mich hart.

So viele Jahre meines Lebens, waren meine Schwester und ich förmlich ein Herz und eine Seele, und somit wirklich unzertrennlich, gewesen. Und so konnte mich nur noch die Musik trösten und ich begann das Musical, aus großer Liebe zu meiner Schwester, zu komponieren.

Als ich ihren Tod in das Musical schrieb, folgte ich einfach nur meinem Gefühl und somit meiner inneren Stimme. Ich wusste irgendwie, dass die Geschichte so weitergehen müsste, ohne je zu erahnen, dass es dann, 3 Jahre später, Wirklichkeit werden sollte und genau so geschehen würde.

So, wie auch die Geschichte erzählt, fühlte ich mich schon von klein auf für die Musik und den Gesang berufen. Mit 5 Jahren setzte mich mein Vater, Vollblutmusiker, an das Klavier und unterrichtete mich. Auch sang ich den ganzen Tag, schon als ganz kleines Mädchen, und mein erstes Lied komponierte ich tatsächlich bereits mit 7 Jahren.

Viele Lieder folgten. Ich spielte und spielte jeden Tag Stunden über Stunden Klavier und komponierte und komponierte, ohne mir je darüber bewusst zu sein, dass das was ich da tat, außergewöhnlich war für ein 10 Jahre altes Mädchen. Ich handelte einfach so, da es meiner Seele guttat, meine Gefühle in eigene Musik zu packen und das Spielen meiner Melodien mich unglaublich glücklich machte.

Auch, dass meine Schwester für die Schreibkunst berufen war, beruht auf wahren Begebenheiten. Sie schrieb von klein auf Geschichten und Gedichte. Ihr Kanal um ihre Gefühle auszudrücken, waren stets das Schreiben und die Poesie. Sie liebte es, ihre Eindrücke in schöne Worte zu packen, die sie dann meist sofort aufs Papier brachte.

Von Jugend an war es uns beiden tatsächlich wichtig, eines Tages, eine bessere Welt zu erschaffen, in der jeder immer das tun sollte, wofür er auch wirklich, im Herzen, berufen war.

Ich war gerade einmal 7 und meine Schwester 14 Jahre alt, als wir schon tiefgründige Gespräche darüber führten, dass wir gemeinsam die Welt verbessern wollten.

Wir glaubten beide fest an Gott und an unsere Träume und so war es unser gemeinsamer Wunsch, damit eines Tages, Gutes in die Welt zu bringen und die Menschen damit zu bereichern.

Vieles aus dem Musical hat sich dann erfüllt und auch so ereignet, wie ich es Jahre zuvor bereits hineingeschrieben hatte. Als meine Schwester dann tatsächlich starb, ohne auch nur einen ihrer eigenen Träume, die sie sich so sehr gewünscht hatte, richtig zu erleben, brach es mir das Herz.

Das Einzige, das mich dann noch trösten konnte, war meine Musik und die innere Gewissheit, dass ich nicht so sterben wollte, wie meine Schwester, unglücklich und ohne je einen Traum verwirklicht zu haben.

Ich stürzte mich noch mehr in das Musical und arbeitete noch härter denn je zuvor.

Ich arbeitete wirklich Tag und Nacht, um das Stück auf die Bühnen bringen zu können.

Ich hatte plötzlich auch die ganz starke Gewissheit in mir, dass das alles nicht nur zufällig passiert sein konnte und, dass der Tod meiner Schwester, nicht umsonst gewesen sein sollte. Denn würde jemand unsere Geschichte wirklich verstehen, dann würde er vielleicht auch erkennen, was mit einem Menschen passieren kann, der nicht auf seine innere Stimme hört und der nicht das tut, wofür er eigentlich berufen ist.

Scheinbar habe ich wohl im Jahre 2015 nicht nur in die Zukunft meiner Schwester geblickt, sondern auch in meine eigene. Denn Corona machte es mir dann 2020 unmöglich, mein Musical, für das ich 5 Jahre lang, Tag und Nacht, hart gearbeitet hatte, auf die Bühnen zu bringen.

Somit konnte auch ich bisher nicht, wie Maira es sich im Musical wünscht, weltweit die Herzen der Menschen berühren und damit Gutes in die Welt bringen.

Aber noch ist die Geschichte ja nicht zu Ende, die das Musical erzählt. Denn wenn auch Anira gestorben ist, so bin ich, Maira, noch am Leben und kämpfe weiterhin für das Recht meine Träume leben zu dürfen! Heute mehr, denn je zuvor!

Deshalb, werde Du jetzt auch Teil meines Musicals. Denn am Ende der Geschichte, die ich bereits 2015 schrieb und von der sich schon so viel Bewahrheitet hat, siegt ja Maira gegen den Fürsten der Dunkelheit und darf ihren Traum endlich leben und die Menschen in ihren Herzen berühren und in ihre innere Stimme zurückführen.

Also lass mich
JETZT AUCH DEIN HERZ BERÜHREN
und hilf mir meinen Traum zu verwirklichen, eine
bessere Welt zu erschaffen, in der wieder jeder seine
»WAHREN TRÄUME« leben darf!
Denn in Wahrheit, ist dieses Musical für all diejenigen
geschrieben,
DIE NOCH FEST DARAN GLAUBEN!

In diesem Sinne verbleibe ich in Liebe

Deine Whitemaskrebel
Autorin und Komponistin des Theater-Musicals
»ICH HÖR´ DIESE STIMME IN MIR«!

Unter
www.whitemaskrebel.com
kannst Du auch den Film zum Buch bestellen und
einige der Songs aus dem Musical hören.

GANZ NEU AUCH DIE ENGLISCHE VERSION
DES HAUPTTITELS
»I HEAR THAT VOICE INSIDE«

DANKSAGUNGEN

DIESES BUCH IST DIE LETZTE WAHRHEIT.
DESHALB GILT MEIN DANK DIESER EINEN,
GROßEN KRAFT,
DIE ALL DAS LEBEN HIER ERSCHAFFT!

UND ICH DANKE ALL DEN MENSCHEN,
DIE IMMER VON GANZEM HERZEN AN MICH
GEGLAUBT HABEN!
DIE STETS MIT MIR GEWEINT,
ODER GELACHT HABEN UND
FÜR MICH EINGESTANDEN SIND!

DANKE, DASS ES EUCH GIBT!